DROIT AU BUT

MISTER JUIN

J. KENNER

AUTEURE DE BEST-SELLERS CLASSÉS AU NEW YORK TIMES

Apprivoise-moi

Tente-moi

Te désirer

T'enflammer

T'envoûter

Qui sera votre Homme du mois ?

Lorsqu'un groupe d'amis à la détermination farouche apprend que son bar préféré risque de fermer ses portes, ils prennent les choses en mains pour faire revenir les clients séduits par la concurrence. Investis d'une énergie vibrante, ils ripostent sous la forme d'épaules larges, de tablettes de chocolat et de torses nus : ceux d'une douzaine d'hommes du coin qu'ils tentent de convaincre, par la douceur et par la force, de participer au concours de l'Homme du mois pour leur grand calendrier.

Mais le sort de leur bar n'est pas le seul enjeu. Au fur et à mesure que la température monte, chacun des hommes va rencontrer sa moitié dans cette série de douze romances sexy et légères que vous ne pourrez pas lâcher jusqu'à la dernière page, sous la plume de J. Kenner, auteure de best-sellers classés par le New York Times.

— Chacun de ces tomes aborde une intrigue qu'on adore retrouver dans les romances – la belle et la bête, le bad boy milliardaire, l'amitié transformée en amour, l'histoire de la seconde chance, le bébé secret et bien plus encore – pour une série qui touche au cœur et à l'âme de la romance. — Carly Phillips, auteure de best-sellers classés par le New York Times

Ne manquez aucun tome de la série pour savoir à quel homme du mois ira votre préférence !

Droit au cœur - Mister Janvier
Vague à l'âme - Mister Février
Raison d'être - Mister Mars
Coup de sang - Mister Avril
État d'âme - Mister Mai
Droit au but - Mister Juin
Au beau fixe - Mister Juillet
Diable au corps - Mister Août

Cri du cœur - Mister Septembre
Corps à corps - Mister Octobre
État d'esprit - Mister Novembre
Force d'âme... - Mister Décembre

Chaque tome de la série est un roman indépendant qui ne laisse pas le lecteur sur sa faim et se termine toujours bien !

DROIT AU BUT

Traduit de l'anglais par Liliane-Fleur C. pour Valentin Translation

UN

— Sept filles de mon cours de spinning, déclara
Taylor, en se versant un verre de vin. *Sept* !
Non, attends… j'en ai oublié une. Huit. *Huit*
filles de mon cours de spinning ont pris un flyer
et m'ont dit qu'elles viendraient à l'élection de
mercredi. Chérie, tu es un génie ! Ou alors ça
veut dire que Parker Manning est trop beau
pour être vrai.

— Pourquoi l'un ou l'autre ? demanda
Megan, fière d'entendre à quel point son opération marketing avait fonctionné. Je suis la reine
de la com', *et* Parker est la perfection masculine
incarnée. Je t'assure que cet homme est un
orgasme sur pattes… Or, tu sais ce qu'on dit ?

— Que le sexe est le meilleur argument de
vente ?

— Exactement ! confirma Megan.

Mercredi devait en effet avoir lieu l'élection de l'homme du mois, un concours de beauté masculin qui avait lieu toutes les deux semaines et durant lequel des hommes – généralement torse nu – déambulaient sur la scène du *Fix* sous les applaudissements et les acclamations des clients du bar, dont la plupart étaient des femmes qui venaient parfois de loin pour assister à cet événement réputé d'Austin.

Dans trois jours seulement, le *Fix* aurait donc son Mister Juin. Megan, qui travaillait à la communication du bar avec Jenna, avait proposé de faire la promotion du concours, mais également des concurrents, qui, avait-elle expliqué, donneraient les flyers à leurs amis ainsi qu'à leur famille, ce qui ne manquerait pas d'attirer encore plus de monde. Surtout si les concurrents étaient des célébrités locales.

C'est ainsi que Megan avait eu l'accord de deux de ses patrons, Tyree et Jenna, pour recruter des concurrents parmi les VIP de la ville. Elle était d'ailleurs en pourparlers avec Matthew Herrington, un propriétaire de plusieurs salles de sport locales, et avait déjà réussi à obtenir la participation de Parker Manning. Héritier d'une grande famille texane qui avait fait fortune dans le pétrole, Parker avait le visage d'une star de cinéma et le corps d'un dieu grec. Le genre d'homme que l'on ne voit en général que dans les publicités pour parfum et que toutes les filles ont envie d'avoir dans leur lit... Elle ne l'avait jamais vu torse nu, mais ses costumes ajustés ne laissaient aucun doute sur le fait qu'il ferait monter la température dans le public dès qu'il apparaîtrait sur scène, mercredi.

Elle était particulièrement fière d'avoir réussi à le convaincre de participer, même si – elle devait l'admettre – cela n'avait pas été trop compliqué, surtout en raison du fait qu'ils se connaissaient déjà. Ils s'étaient rencontrés lorsque l'un et l'autre vivaient à Los Angeles. Megan était alors maquilleuse, et Parker fréquentait les mêmes cercles que certaines de ses clientes, et que son petit ami de l'époque, Carlton. Ils s'étaient croisés plusieurs fois, et Parker l'avait même invitée à dîner un soir – mais Megan venait juste de rompre avec Carlton et avait donc préféré refuser.

Lorsqu'elle apprit qu'il était revenu s'installer à Austin – et qu'il vivait d'ailleurs dans un immense appartement-terrasse à deux pas du *Fix* –, elle avait promis à ses collègues qu'elle le convaincrait de participer au concours.

Personne ne l'avait vraiment crue. Parker était certes très beau et avait la réputation d'aimer les défis, mais il n'appréciait pas particulièrement être sous les feux de la rampe et il était plutôt discret

— J'étais avec lui au lycée, lui avait appris Brooke Hamlin. Et je ne crois pas du tout qu'il acceptera de participer. Ce n'est pas qu'il soit timide, mais c'est le genre de type qui n'a jamais eu besoin de se mettre en avant.

Megan était d'accord avec cela. En effet, lorsqu'elle avait rencontré Parker à plusieurs reprises, à Los Angeles, elle avait eu l'impression d'un homme à la fois froid et serein, qui n'avait pas besoin de prouver quoi que ce soit. C'était très prétentieux d'imaginer le convaincre d'avoir son visage placardé partout dans la ville...

Mais Megan s'était dit qu'elle n'avait rien à perdre, et qu'il serait peut-être sensible à l'idée d'aider un bar de la ville dans laquelle il vivait désormais et où il était né. Elle s'était donc jetée à l'eau.

Elle avait d'abord décidé de passer par son assistante, à qui elle avait demandé la permission d'utiliser l'une des photos de Parker trouvée sur Internet – une photo prise lors d'un gala de charité et sur laquelle il était absolument magnifique. Lors de sa conversation avec l'assistante, elle avait pris soin de glisser qu'elle avait connu Parker à Los Angeles. À sa grande surprise, alors qu'elle s'était attendue à ce qu'il ne prenne même pas la peine de répondre, Parker avait donné son accord dès le lendemain.

Lorsqu'elle avait appris la nouvelle, Megan était chez elle, et elle avait passé une bonne heure à danser de joie, toute seule dans son appartement. Grâce à Parker, elle avait pu obtenir la participation d'autres hommes importants de la ville, et faire imprimer les flyers en un temps record.

— S'il te reste des flyers, j'en emmènerai à la salle demain, dit Taylor.

Étudiante en art dramatique à l'Université du Texas, Taylor n'était pas seulement une habituée du *Fix* sur la 6ᵉ Rue, elle y travaillait deux mercredis soir par mois, puisqu'elle gérait l'organisation de l'élection de l'homme du mois.

— Bien sûr ! répondit Megan avec enthousiasme.

D'un bond, elle se leva du canapé et alla

chercher des flyers dans son bureau. En réalité, ce n'était pas vraiment *son* bureau : elle n'était que sous-locataire de l'appartement. Cette solution l'avait dépannée et, surtout, l'appartement ne lui coûtait presque rien, le locataire titulaire du bail lui ayant demandé de garder ses deux chats et ses nombreux poissons exotiques pendant les six mois où Megan resterait chez lui.

Lorsqu'elle fut dans le bureau, elle réalisa que son stock de flyers avait diminué à toute vitesse : le premier carton de deux cents feuilles qu'elle avait commandé pour commencer était désormais presque vide. Elle alla donc chercher l'un des deux cartons que l'imprimeur venait de lui livrer, pour le donner à Taylor.

— Et voilà ! lança-t-elle à son amie en revenant dans le salon. Voilà de quoi tapisser la ville !

Taylor ouvrit le rabat et, en découvrant la photo de Parker sur le flyer en haut de la pile, posa sa main dessus et ferma les yeux.

— Laisse-moi juste m'imprégner de sa beauté sauvage, gémit-elle avec une exagération ostentatoire.

— Tu sais que les autres ne sont pas mal

non plus, répondit Megan en levant les yeux au ciel. Tu devrais au moins leur jeter un coup d'œil, suggéra-t-elle avec un clin d'œil.

— Parce que tu crois que je ne l'ai pas déjà fait ? s'exclama Taylor. Ils sont même carrément canons, tu veux dire ! Enfin, il faut bien admettre que Parker est clairement au-dessus du lot... Il va faire gagner une fortune au *Fix* !

— Et tout ça grâce à moi, fit remarquer Megan avec une fierté non dissimulée.

Elle tendit à Taylor son verre, prit ensuite le sien, et trinqua avec son amie.

— En parlant de boire, intervint Taylor, nous devrions peut-être aller au *Fix*. Mina ne va pas tarder à nous y rejoindre...

Megan et Taylor s'étaient rencontrées au *Fix*, quelques semaines après que Megan s'était installée à Austin, à son retour de Los Angeles. Elles étaient immédiatement devenues très bonnes amies, et Taylor avait rapidement présenté Mina à Megan. Depuis, le trio passait beaucoup de temps ensemble, notamment pour faire du jogging côte à côte.

— Si Mina vient, je ne pense pas que ce sera pour nous, ironisa Megan, faisant référence à Cameron, le petit ami de Mina qui était également le manager adjoint du *Fix* les soirs de week-end. Griffin devrait être là, ajouta-t-elle. Il m'a dit qu'il voulait venir avec nous au *Fix* et nous avons convenu qu'il devait nous rejoindre ici. Il devrait déjà y être, conclut-elle en regardant sa montre.

— Mais c'est quoi, cette histoire avec Griffin ? demanda Taylor d'un air suspicieux. Vous êtes ensemble ou pas ? Je suis sûre que vous couchez au moins ensemble...

— Pas du tout ! s'insurgea Megan. Nous sommes juste bons amis.

— Mouais... répondit-elle d'un air dubitatif.

Elle posa son verre et se leva pour aller prendre son sac à main.

— Écoute, je vais aller rejoindre Mina et vous nous retrouvez là-bas avec Griffin ? Comme ça, vous aurez un petit moment tranquille, ajouta-t-elle avec un clin d'œil.

— Mais arrête ! Puisque je te dis que nous ne sortons pas ensemble ! Nous n'avons pas besoin de « *petits moments tranquilles* » ! fit-elle en imitant grossièrement Taylor.

— Il sait que je suis là ?

— Euh... non, pourquoi ?

— Parce qu'il ne me connaît pas vraiment et qu'il ne sera peut-être pas à l'aise en me voyant ? En plus, franchement Megan, ouvre les yeux : s'il veut te rejoindre ici, c'est qu'il espère passer un peu de temps avec toi avant d'aller au *Fix*, où il sait parfaitement que tout le monde ne va faire que regarder ses cicatrices.

— Pourquoi tout le monde devrait regarder ses cicatrices ? demanda Megan avec mauvaise foi.

Lorsqu'il était petit, Griffin avait eu un accident qui lui avait laissé de profondes cicatrices sur tout le côté droit du visage. Il était très complexé et Megan savait, au fond, qu'en dehors de sa famille, il n'y avait qu'avec elle qu'il se sentait bien.

Pourtant, elle avait dit la vérité à Taylor : il ne se passait rien entre Griffin et elle. Même si, lors de leur première rencontre, le courant était immédiatement passé entre eux, ils s'étaient très vite rendu compte l'un et l'autre – après un baiser maladroit – qu'il valait mieux qu'ils restent amis. Depuis, ils passaient effectivement beaucoup de temps tous les deux, au point que beaucoup se demandaient si cette relation ne cachait pas quelque chose…

— D'accord, vas-y, finit par se résigner Megan en soupirant. Nous vous rejoindrons tout à l'heure.

Dès que Taylor fut partie, Megan monta à

l'étage et regarda par la fenêtre son amie marcher en direction de la 6e Rue. Lorsque Taylor disparut de son champ de vision, Megan guetta l'arrivée de Griffin au volant de la vieille Mustang qu'il était en train de restaurer.

Elle ne comprenait pas qu'il ne soit pas déjà arrivé. Ce n'était pas dans ses habitudes d'être en retard… Inquiète, elle prit son téléphone pour lui envoyer un texto et lui demander ce qu'il faisait, lorsque la vue d'une voiture noire, de l'autre côté de la rue, la coupa dans son élan. Un frisson la parcourut alors qu'il lui sembla reconnaître le véhicule…

Mais non, ce n'était pas possible. Elle couvrit ses yeux avec sa main et essaya de se calmer : elle devait arrêter d'être paranoïaque. Los Angeles était derrière elle désormais. Elle vivait à présent à Austin, une ville qu'elle connaissait, qu'elle aimait, et dans laquelle elle se sentait bien. Carlton, lui, était resté à Los Angeles, elle le savait. Il était donc impossible qu'il soit en bas de chez elle. Elle se faisait des idées. Forcément…

On sonna à l'interphone.

Revenant à la réalité, elle prit une profonde inspiration, puis elle alla décrocher le combiné.

— Salut ! lança Griffin. Tu es prête ou tu veux que je monte ?

— Oui, monte, répondit-elle en appuyant sur le bouton pour ouvrir le portail.

Quelques secondes plus tard, Griffin frappa à sa porte.

— Désolée, je suis en retard, lança-t-elle en ouvrant la porte. Je dois encore me maquiller.

Elle portait un jean et un simple t-shirt blanc, ce qui était peut-être un peu trop décontracté, mais elle n'avait aucune envie de se changer. De toute façon, personne ne ferait attention à sa tenue au *Fix*, il y avait toujours tellement de monde... Et puis, les gens à Austin étaient beaucoup moins sophistiqués qu'à Los Angeles, ce qui lui convenait parfaitement.

— J'ai failli être à l'heure, lui dit-elle en se dirigeant vers sa salle de bain, mais Taylor est passée et on a bu un verre. Elle vient de partir, on doit la retrouver au bar.

— Pourquoi elle n'est pas restée ? demanda Griffin en retirant son sweat à capuche.

— Elle croit que nous sommes ensemble ! répondit-elle en riant, se gardant bien de mentionner ses cicatrices.

— Ce serait un scoop ! Même moi je ne suis pas au courant, fit-il, amusé.

Megan se maquilla légèrement puis attacha ses cheveux en une queue de cheval afin de ne pas transpirer. Il faisait une chaleur écrasante à Austin, et cela impliquait quelques adaptations capillaires !

— La preuve que nous ne sortons pas ensemble, reprit-elle en revenant dans le salon où l'attendait Griffin, je suis habillée comme un sac !

— Je ne suis pas suffisamment classe pour que tu t'habilles ? demanda-t-il avec ironie.

— Cette *ville* n'est pas assez classe pour s'habiller. En même temps, je comprends. Il fait tellement chaud qu'on n'a pas envie de porter autre chose que des t-shirts et des sandales. D'ailleurs, je crois que je ne vais pas draguer avant l'automne. Question de garde-robe ! conclut-elle en riant.

— Tu as raison. Pour ma part, j'ai décidé de ne pas draguer avant le prochain millénaire. Question de timidité... rétorqua-t-il.

— Griff... fit-elle d'un air attendri. Franchement, je ne sais pas pourquoi tu es aussi timide. Avec moi, tu ne l'es pas, pourtant ?

— Mais toi, c'est différent : tu es maquilleuse.

— Quoi ? lui demanda-t-elle, déconcertée.

Je ne vois pas le rapport.

— Ce que je veux dire, c'est que toi, tu es habituée à voir les défauts des gens, sous leur maquillage. Tu as vu tellement de pores dilatés que mes cicatrices ne te gênent plus, répondit-il en remettant son sweat à capuche qui le dissimulait autant qu'il le protégeait. Mais la plupart des gens ne sont pas comme toi, ils ne voient que mes cicatrices... Si je sors avec une fille un jour...

— *Quand* tu sortiras avec une fille, le corrigea-t-elle.

— Quand je sortirai avec une fille, recommença-t-il, ce sera une fille qui, comme toi, sera capable de voir au-delà de mes cicatrices et qui m'aimera pour qui je suis vraiment.

— Il y a peut-être plus de filles que tu ne penses qui en seraient capables. Mais il faut que tu leur fasses confiance, et que tu *te* fasses confiance.

— Oui, tu as peut-être raison, dit-il en haussant les épaules. Peut-être que je me cache derrière mes cicatrices parce que je ne suis tout simplement pas prêt ?

Il avait sûrement raison, pensa Megan, mais elle décida de ne pas insister pour ne pas l'accabler. Elle espérait sincèrement qu'il finirait par rencontrer une fille bien. Griffin était drôle, intelligent, et talentueux. Il gagnait sa vie comme doubleur, mais avait lancé un podcast qui était de plus en plus écouté, et une web série devenue immédiatement très populaire. Megan était impressionnée par sa réussite.

En même temps, elle savait que cela lui demandait énormément de travail et elle craignait qu'il ne s'y enferme, au détriment de sa vie personnelle.

Cela dit, elle n'avait pas de leçon à lui donner dans ce domaine. Elle n'avait pas eu d'histoire avec un homme depuis son retour de Los Angeles. Et, honnêtement, après sa relation avec Carlton, elle n'était pas près de retomber dans le panneau !

Ce n'était pas qu'elle voulait à tout prix rester célibataire. Contrairement à Griffin, elle avait eu quelques aventures depuis qu'elle était à Austin. Mais c'était plus pour rompre sa solitude, ou – si elle était honnête – pour assouvir sa libido. Mais ça n'avait jamais été des relations, loin de là ! D'ailleurs, elle n'avait même encore jamais passé une nuit entière avec un homme, depuis qu'elle vivait ici. Alors ouvrir son cœur... il n'en était pas question. En tout cas, pas pour l'instant.

Ils quittèrent l'appartement de Megan et se dirigèrent vers le portail de la résidence. L'immeuble dans lequel elle sous-louait appartenait à un groupe de bâtiments qui, avant d'être transformés en habitations, étaient d'anciens entrepôts. Le tout avait gardé un style moderne qui plaisait beaucoup à Megan.

— Tu sais quoi ? dit-elle lorsqu'ils arrivèrent au niveau de la 6e Rue. Peut-être qu'on devrait se jeter à l'eau et se marier ? plaisanta-t-elle.

— Ça me va, répondit Griffin sur le même ton badin. Disons que si nous sommes tous les deux encore célibataires au moment de la retraite, on se marie ? Ça te va ?

— D'accord ! répondit-elle avec enthousiasme.

Chaque fois qu'elle était avec Griffin, elle se sentait bien. Grâce à lui, elle ne ressentait plus l'angoisse qu'elle avait depuis qu'elle avait cru voir la voiture de Carlton avant que Griffin n'arrive.

Son moral s'améliora encore davantage lorsqu'ils arrivèrent devant le *Fix*. Ce bar était pour elle comme sa deuxième maison et elle était ravie à l'idée d'y passer la soirée.

L'endroit était étonnamment bondé pour un dimanche soir.

— J'ai l'impression que tes opérations de com' ont bien marché ! dit Griffin en se penchant vers Megan. C'est sûrement bien pour le bar, mais on ne s'entend plus ! ajouta-t-il.

Elle savait exactement ce que Griffin voulait dire. Tyree, qui avait créé le bar, avait récemment annoncé à l'équipe que le *Fix* rencontrait d'importantes difficultés financières et que, à moins que les caisses ne soient renflouées rapidement, il allait devoir fermer l'établissement. C'était pour cette raison que l'élection de l'homme du mois avait été organisée, et que Megan avait été embauchée pour faire la promotion de l'événement. Plus il y avait de monde, plus les bénéfices étaient importants, et moins le *Fix* risquait de fermer.

Néanmoins, Megan espérait que cette popularité soudaine ne mettrait pas à mal l'ambiance chaleureuse qui avait fait la réputation du *Fix*. Les gens aimaient ce bar, car ils savaient qu'ils y rencontraient toujours des gens qu'ils connaissaient. Or, ce soir-là, il y avait tant de monde qu'elle avait l'impression de ne plus connaître personne.

Pourtant il fallait croire que la situation n'était pas encore trop grave, puisque Griffin et elle trouvèrent deux tabourets libres au bar sans problème, et que, en plus, Cameron leur servit leur cocktail habituel presque immédiatement après qu'ils se furent assis, avant même qu'ils ne passent commande.

— Vous voulez quelque chose à manger ? leur demanda Cameron en déposant leurs verres devant eux. Des œufs mimosas, peut-être, comme d'habitude ?

En plus d'être étudiant à l'Université du Texas, Cameron avait récemment été promu manager adjoint du *Fix* du vendredi au dimanche. Megan se dit que sa nomination à ce poste était méritée, elle était impressionnée qu'il se souvienne aussi facilement des boissons et des plats préférés de tous les clients.

En plus, il était plutôt pas mal, pensa-t-elle tandis qu'il la regardait en attendant sa réponse. D'ailleurs, il avait récemment remporté l'élection de Mister Mars et figurerait dans le calendrier en cours d'élaboration. Cela rappela à Megan qu'elle avait bientôt une réunion avec Eva Anderson, la fiancée de Tyree, également la photographe officielle du calendrier et du bar.

— Dieu merci, vous êtes là ! s'exclama Taylor en se glissant entre Griffin et Megan, les empêchant ainsi de commander quelque chose à manger.

Taylor était accompagnée de Brooke Hamlin, une star de la télé-réalité qui, depuis, présentait une émission de rénovation et de décoration d'intérieur, dont le prochain numéro était consacré au *Fix*. L'émission était en cours de montage et devait être diffusée dans le courant du mois d'août. Megan avait hâte, car elle savait que la clientèle augmenterait une fois que le *Fix* serait passé à la télévision.

— Que se passe-t-il ? s'enquit Megan en voyant le visage affolé de Taylor.

— Je ne sais pas exactement, mais ça ne sent pas bon, répondit Taylor, paniquée.

— Qu'est-ce que tu racontes ? fit Megan en fronçant les sourcils.

— Le flyer, intervint Brooke. J'ai entendu Jenna et Reece en parler ; je n'ai pas tout compris, mais tout ce que je sais, c'est qu'il y a quelque chose qui ne va pas...

— Quoi ? C'est impossible ! s'exclama Megan.

Elle baissa les yeux sur le flyer que Taylor avait à la main et dont elle était si fière, et se demanda ce qui pouvait bien se passer.

— Ce n'est sûrement pas grand-chose, tenta de la rassurer Griffin.

Il était assis à sa droite, comme chaque fois, car cela lui permettait de dissimuler ses cicatrices lorsqu'il était de profil.

— Ne t'inquiète pas, renchérit-il en lui prenant la main. Quel problème peut-il y avoir, de toute façon ?

Mais l'inquiétude de Megan ne fit qu'augmenter lorsque Jenna accourut vers elle à son tour.

— Je suis tellement contente que tu sois là ! lança-t-elle en arrivant, à la fois soulagée de trouver Megan et inquiète à cause de quelque chose qu'elle ne comprenait toujours pas. J'allais justement t'appeler. Tyree et moi, nous avons vraiment besoin de te parler. Maintenant, insista-t-elle.

Megan jeta un coup d'œil à Griffin qui avait l'air aussi désemparé qu'elle, mais il posa sur elle un regard rassurant.

— Euh... oui, d'accord, balbutia Megan. C'est à quel sujet ?

— Parker Manning, répondit Jenna d'un air grave. Il a vu sa photo sur le flyer, et il est furieux !

DEUX

En entrant dans le bureau de Tyree, Megan savait ce que devait ressentir un condamné face à un peloton d'exécution.

Tyree était assis derrière son bureau, les mains jointes. La lumière de la lampe de lecture faisait briller sa peau sombre.

Jenna se tenait à côté de son fiancé, Reece, ses cheveux roux encadrant son visage et ses yeux concentrés quelque part sur l'épaule de Megan. Reece, directeur général et copropriétaire du bar, lança à Megan un regard de compassion qu'elle aurait davantage apprécié si elle avait compris le problème.

Ce fut Brent, quatrième propriétaire et chef de la sécurité du bar, qui prit la parole, sa voix aussi douce que s'il parlait à son adorable enfant de cinq ans.

— Merci d'être venue. Assieds-toi. Je te promets, nous ne sommes pas ici pour te prendre la tête, mais nous devons comprendre.

Elle resta debout, puis regarda chacun d'eux tour à tour, les entrailles nouées par une horrible appréhension. En plus de la déception. Parce que ces gens lui avaient donné une chance. Alors que le *Fix* essayait de renforcer sa situation financière, ils l'avaient invitée à bord sans hésitation quand Jenna avait appris que Megan avait plus de mal que prévu à recommencer à Austin son entreprise de relooking basée à Los Angeles. Elle était follement reconnaissante, et terrifiée à l'idée d'avoir tout bousillé – et de les avoir entraînés par accident.

Elle inspira profondément et se força à rester calme.

— Je veux vraiment arranger ça, assura-t-elle. Mais je ne sais même pas ce qui se passe. Pourquoi Parker est-il énervé ?

— C'est une erreur, très certainement, déclara Tyree, sa voix douce de baryton s'élevant dans la pièce. Mais ça doit être réglé avec soin.

— Parker a beaucoup d'influence dans cette

ville, ajouta Reece. Et s'il décide de parler des problèmes du *Fix*, ce ne sera pas bon pour les affaires.

Comme cette remarque ne les avançait à rien, Megan reporta son attention vers Jenna, qui inspira, puis expira lentement.

— Je suis sûre que ce n'était pas ta faute, Megan. Mais Parker a appelé Tyree aujourd'-hui. Il a exigé d'être retiré du flyer et que le *Fix* présente des excuses publiques.

Megan s'assit avec un bruit sourd.

— Quoi ? Mais il ne peut pas faire ça. Il a accepté de participer. J'ai donné à son assistante tous les détails et il a accepté.

Furieuse, elle serra les accoudoirs de sa chaise, de peur de se remettre sur pied et de commencer à faire la leçon à Parker malgré son absence. Parce que c'étaient des conneries. Sérieusement. Quel connard arrogant. Juste parce qu'il avait de l'argent et du pouvoir, il comptait n'en faire qu'à sa tête ? Il avait pris un engagement, et bon sang, il allait s'y tenir.

Elle inspira, s'efforçant de retrouver son sang-froid. C'était un problème professionnel, et peu importe à quel point c'était absurde, elle devait le gérer professionnellement.

— S'il regrette son accord, alors je me ferai

un plaisir de lui parler. Ou peut-être que ce serait mieux que ça vienne de Reece et Tyree. Après tout, ils ont tous les deux participé au concours. Il a fait fortune dans le monde des affaires. Il comprend sûrement qu'une fois qu'il a donné sa parole, il y a des répercussions à se retirer.

— Je suis sûr qu'il comprend, déclara Tyree. Et je le lui ai fait remarquer quand nous avons discuté. Mais voilà le problème : il m'assure qu'il n'a jamais signé de contrat.

— Bien sûr que si. J'ai parlé à son assistante, Lisa. Elle m'a rappelée et m'a dit qu'il serait heureux de le faire, qu'elle me ferait parvenir l'accord d'ici la fin de…

Elle s'interrompit, soudain nauséeuse en prenant conscience qu'elle n'avait jamais récupéré le contrat. Elle porta la main à sa bouche pour réprimer une montée de bile.

— Oh, mon Dieu, souffla Megan. C'est ma faute. J'ai foiré.

Lundi matin, Megan portait sa tenue porte-bonheur, une robe ajustée en lin et soie noire sous un blazer à la coupe classique intemporelle. C'était l'une des tenues pour lesquelles elle avait fait des folies à Los Angeles, déterminée à ressembler à la professionnelle qu'elle était enfin devenue.

Cela lui avait coûté un mois de bénéfices, mais ça en valait la peine, car elle avait fini par se lier d'amitié avec Nancy, la tailleuse de Nordstrom qui avait fait les retouches. Nancy lui avait présenté Alice Gaines, l'épouse d'un promoteur immobilier de Los Angeles qui comptait parmi ses amis tous les grands de ce monde. En six mois, Megan avait un flux constant de clients réguliers.

La robe lui avait donné une carrière à Los Angeles. Peut-être qu'à Austin, cela pourrait lui sauver la mise.

Parce qu'elle voulait paraître professionnelle, en parfaite maîtrise d'elle-même, elle l'avait accessoirisée avec un collier de perles hérité de sa grand-mère et les boucles d'oreilles en perles qu'elle s'était offertes un Noël.

Elle avait besoin de bas pour vraiment compléter la tenue, mais des collants étaient hors de question dans la chaleur de juillet. Comme les bas ne cessaient de glisser le long de ses jambes, elle finit par porter une jarretière et des bas fins couleur chair qu'elle espérait ne pas filer. Au cas où, elle en glissa une autre paire dans son sac à main avant de chausser des escarpins Chanel à talons de sept centimètres achetés en ligne.

À huit heures et demie, elle était dehors, et comme le bureau de PCM Enterprises était situé dans le One American Plaza, à quelques pâtés de maisons de son appartement, elle entrait dans le hall de réception à huit heures quarante-cinq. Son cœur battait si fort que c'était un miracle que la réceptionniste souriante aux cheveux gris ne lui ait pas proposé d'appeler une ambulance.

— Je suis vraiment désolée, Mademoiselle Clark, dit-elle en faisant glisser son doigt sur une liste imprimée, mais je ne vous vois pas sur la liste de rendez-vous de Monsieur Manning. Permettez-moi de me connecter à son calendrier et d'y jeter un œil. Je suis sûre...

— Non, ça va, fit Megan.

Ses nerfs s'étaient suffisamment calmés pour lui permettre de former des mots.

— Je n'ai pas de rendez-vous. Mais je suis certaine que Monsieur Manning voudra me voir. Il y a eu... euh, un malentendu au sujet d'un projet, et il a parlé à mon patron hier, et...

Elle s'interrompit en comprenant qu'elle

racontait sa vie et que cette femme n'avait pas besoin de connaître toute l'histoire.

— Bref, conclut-elle évasivement. J'ai juste besoin de le voir.

— Je suis vraiment désolée, mais Monsieur Manning n'est pas encore rentré. Je peux tout à fait vous mettre sur sa liste de rendez-vous.

Partir et revenir plus tard ? Honnêtement, ses nerfs ne le supporteraient pas.

— Je peux attendre ? Peut-être qu'il aura le temps de me trouver une place avant son premier rendez-vous.

— Eh bien, je...

La femme croisa le regard de Megan et le coin de sa bouche se plissa alors qu'elle lui offrait un sourire compréhensif.

— Certainement. Mettez-vous à l'aise. Prenez un café, ajouta-t-elle, désignant de la tête une machine à l'autre bout de la réception.

Comme la caféine risquait de la rendre plus nerveuse, Megan choisit de s'asseoir et de lire un magazine. Ou du moins, d'essayer. Impossible d'interpréter les petits gribouillis sur la page. Au lieu de ça, elle regarda la pièce autour d'elle, l'espace parfaitement décoré, les œuvres d'art abstrait qui suggéraient la consommation de pilules et de poudres, plus décoratives qu'informatives.

En fin de compte, ces œuvres étaient logiques étant donné que l'activité principale de PCM était les produits pharmaceutiques.

Outre la nature de son entreprise, elle n'avait que quelques informations élémentaires sur Parker Manning. Comme le fait que sa famille basée à Houston avait de l'argent, par exemple, qu'il avait étudié dans un lycée privé d'Austin et qu'il avait déménagé à Los Angeles pour aller à l'université. Selon diverses sources de potins, il était sorti avec des actrices, il avait fondé et géré deux entreprises florissantes, qu'il avait revendues après les avoir conduites au succès.

D'après la rumeur, il avait triplé sa valeur nette en un an, et le chiffre de départ était déjà avantageux.

Après cela, il avait disparu quelque temps des réseaux sociaux et du radar de la presse à scandales, même s'il y avait encore quelques rumeurs sur ses amours et ses voyages. Trois ans plus tôt, il avait fondé PCM Enterprises, une petite entreprise pharmaceutique qui avait connu un succès fulgurant, faisant passer l'image de Parker de play-boy oisif à brillant entrepreneur au passé sulfureux, au présent mystérieux et à la fortune colossale.

Tout cela faisait de lui le candidat idéal pour le concours de l'homme du mois, même si, en ce moment, Megan regrettait d'avoir entendu parler de lui. Et elle commençait à en avoir assez de l'attendre.

Anxieuse, elle se leva et se dirigea à nouveau vers la réception.

— En fait, je pourrais peut-être parler d'abord avec son assistante ? Lisa.

— Je suis désolée, l'assistante actuelle de Monsieur Manning est Tracy Miles et je crains qu'elle soit absente aujourd'hui.

— Oh.

Génial. Pour parler avec l'ancienne assistante, c'était raté. Elle avait probablement été licenciée pour son manque d'organisation.

Cela dit, Megan non plus n'avait pas gardé de traces comme il l'aurait fallu. Sinon, elle se serait rendu compte qu'elle n'avait jamais reçu l'accord signé. C'était pitoyable, pourtant c'était son projet, son bébé et son erreur lamentable.

Quel bordel. Tout ce qu'elle voulait faire, c'était prouver aux gérants du *Fix* que Jenna n'avait pas fait d'erreur en l'embauchant. Qu'elle avait un cerveau et pouvait aider le bar sous différents aspects. Plus important encore, elle tenait à participer au marketing, car c'était le domaine de Jenna et son amie avait pris un risque en lui offrant un emploi, sans compter que le *Fix* avait un budget serré – même si, bien sûr, Megan était une pro du maquillage, un peu moins du marketing.

Elle avait passé deux nuits entières à se creuser la tête et elle était si fière lorsque Jenna et Tyree avaient adoré son idée de faire la publicité des participants en amont, sur des flyers, au lieu de promouvoir simplement le gagnant après-coup. Partant de là, il fallait logiquement relever un peu le niveau en ce qui concernait les participants.

Certes, la plupart des concurrents étaient sexy, mais très peu d'entre eux étaient des célébrités locales. Ils devaient chercher des stars de télé ou des chefs d'entreprise fortunés... quiconque faisait régulièrement la une des journaux ou des magazines serait un plus. Surtout si l'homme en question avait du succès sur les réseaux sociaux.

Ça tombait bien, Parker Manning était le roi des réseaux sociaux.

Megan avait bêtement cru que Parker participerait, ne serait-ce que parce que c'était elle qui le lui demandait. D'accord, elle l'avait rejeté quand il lui avait proposé de sortir avec lui, mais ce n'était qu'une question de timing. La vérité, c'était qu'elle avait été tentée. Bien sûr, il avait une réputation de bad-boy, mais à Los Angeles, elle était elle-même plus dévergondée et plus stupide, et elle avait clairement ressenti une attirance au niveau intime.

Elle frissonna. Si elle pouvait tout recommencer, elle larguerait Carlton en un clin d'œil et accepterait l'invitation de Parker. Si elle l'avait fait, elle n'aurait peut-être jamais revu Carlton. Elle ne serait peut-être jamais partie.

Elle avait quitté Los Angeles sans un regard en arrière, et en revoyant Parker à Austin, elle avait éprouvé un pincement désagréable, d'autant plus qu'elle avait pris soin de ne pas révéler sa position sur les réseaux sociaux, de ne pas contacter ses anciens clients pour obtenir des recommandations ou des références. C'était peut-être de la paranoïa, mais tant pis. Elle avait quitté la côte ouest pour s'éloigner de Carlton, ce n'était pas pour claironner sur tous les toits où elle était.

Elle avait failli ne pas approcher Parker pour cette même raison, mais récemment, la presse à scandale avait mentionné une brouille entre les deux hommes, qui ne se fréquentaient plus du tout. Elle avait donc décidé de prendre le risque, quoiqu'un peu hésitante. Elle ne lui avait pas demandé personnellement de participer, mais elle avait envoyé la demande par l'intermédiaire de son assistante, qui lui avait répondu qu'il se ferait un plaisir de s'inscrire.

Comme quoi, son ancienne assistante planait un peu – et Megan était une idiote.

Maintenant, Parker était énervé et elle devait trouver un moyen de se tirer de ce mauvais pas.

Elle n'avait aucune idée de ce qu'elle allait faire. Comme ils se connaissaient, elle espérait réussir à l'amadouer. Manifestement, elle allait devoir ramer.

— Mademoiselle Clark ?

En entendant son nom, Megan sursauta, levant la tête alors que le magazine sur ses genoux tombait au sol. Maladroitement, elle se pencha pour le récupérer, puis le serra contre sa poitrine en relevant les yeux vers une grande femme élégante dans l'encadrement de la porte en verre dépoli conduisant à l'intérieur du bureau.

— Oui ? fit-elle d'une voix éraillée.

— Monsieur Manning peut vous recevoir. Si vous voulez bien me suivre.

Elle prit une profonde inspiration, puis hocha la tête en emboîtant le pas à la blonde aux longues jambes. Le bureau de Parker était au bout du couloir. Un bureau d'angle, bien sûr, avec une vue imprenable sur le bâtiment du Capitole, la tour de l'université et jusqu'à la ligne d'horizon.

Et plus étonnant que la vue, il y avait l'homme. Parker se tenait devant son bureau, appuyé nonchalamment, dans un costume gris clair qui semblait coûter plus d'argent qu'elle n'en gagnait en un an. Peut-être deux.

Ses yeux rencontrèrent les siens, d'un bleu glacial qui dégageait pourtant de la chaleur, et elle remonta ses lunettes sur son nez comme pour mieux soutenir son regard.

— Mademoiselle Clark, dit-il, sa voix aussi froide que ses yeux, pourtant teintée d'une sensualité taquine. Il paraît que nous avons un petit problème.

— Je... eh bien, oui.

Elle essaya de se ressaisir, mais bon sang, il la déconcentrait.

Ses yeux la parcoururent dans une inspection si lente et intime qu'elle lui laissa la nette impression qu'il voyait à travers sa simple robe noire.

— Heureusement, j'ai une solution.

— Oh, dit-elle. Quoi donc ?

Sa belle bouche fine esquissa un sourire.

— Je pensais que ce serait évident, Megan. J'ai envie de toi.

TROIS

Megan cligna des paupières. Elle avait dû mal l'entendre.

— Qu'est-ce que tu as dit ?

La chaleur brillait dans ses yeux, et elle déglutit sans trop savoir si c'était de la colère ou du désir.

— Je pense que tu m'as bien entendu.

— Je...

Elle fit une pause, la bouche sèche et ses mots suspendus. Elle ne savait pas comment répondre. D'ailleurs, elle n'était pas sûre de ce qu'elle ressentait. Était-elle confuse ? Insultée ?

Est-ce qu'elle ne serait pas aussi un peu flattée ?

Non, absolument pas. C'était un con et il

tirait avantage de sa position… et clairement, il le faisait exprès.

Elle leva le menton, déterminée à rester professionnelle en dépit de ses états d'âme.

— J'ai dû mal comprendre.

— Vraiment ?

Il s'éloigna du bureau et s'approcha d'elle. Oh, bon sang, la présence de cet homme était vibrante. Il se mouvait dans un but précis – et elle ne pouvait pas se débarrasser du sentiment troublant que son but, c'était elle.

Elle bougea, décidée à prendre du recul, mais elle vit alors ses lèvres frémir et elle eut la conviction qu'il se moquait d'elle. Qu'il s'amusait à l'intimider pour pouvoir se féliciter de son stratagème.

Quel connard.

Bien campée sur ses jambes, elle lui tint tête.

— Je suis venue ici pour m'excuser pour ce malentendu et te demander de bien vouloir envisager de participer au concours de l'homme du mois. Le *Fix* est un bar populaire dans un quartier historique, sur la 6e Rue. Ce concours est devenu un événement incroyablement fréquenté, et ce n'est un secret pour personne que le concours est la pierre angulaire d'une campagne de marketing conçue pour augmenter les revenus du bar, et ainsi, garder ses portes ouvertes l'année prochaine et encore après.

Ouf. Elle redressa les épaules et inspira, impressionnée d'avoir débité tout ça sans faiblir. Cela dit, elle s'était exercée devant son miroir pendant une bonne heure et demie, la nuit dernière, et encore une fois sur le chemin.

Il prit son menton dans son poing, un doigt lui effleurant la joue alors que sa tête s'inclinait légèrement sur le côté. Il ressemblait à un universitaire – un professeur incroyablement sexy. Et elle n'avait absolument aucune idée de ce qu'il pensait.

Au bout d'un moment, il se détourna, retourna derrière son bureau et s'assit, sur fond de paysage urbain.

— Je t'en prie, dit-il avec un signe de tête vers une chaise en cuir et chrome.

Elle s'assit avec reconnaissance, certaine qu'ils avaient dépassé le stade de l'agacement pour s'atteler aux détails de ce qu'ils allaient faire, de ce que le *Fix* pouvait entreprendre pour atténuer les désagréments causés par ce malentendu.

Parker s'adossa dans son fauteuil, ses doigts joints sous le menton.

— Je voudrais être certain de bien comprendre. Tu me dis que, même si l'erreur était entièrement la tienne, comme le *Fix* est un établissement populaire avec des problèmes financiers, je devrais ternir ma réputation avec enthousiasme et sauter joyeusement à bord ?

C'était plus fort qu'elle, ses sourcils remontèrent sur son front.

— Ternir ta réputation ? *La tienne ?* Toi, l'homme dont la photo est parue sur les sites people plus souvent que celle de Paris Hilton ? *Ta* réputation ?

Il se pencha en avant, les mains croisées sur son bureau, ses yeux sur elle et son expression plus glaciale que jamais.

— Oui, dit-il avec une intonation légère, démentie par sa posture rigide. *Ma* réputation. Une réputation que je travaille dur pour réparer depuis que j'ai fondé PCM Enterprises. Une réputation que j'ai méritée morceau par morceau, à la sueur de mon front, par des rencontres interminables avec des investisseurs, des médecins, des représentants de l'administration américaine des médicaments, des banquiers, des lobbyistes et plus de politiciens qu'on l'imagine. Une réputation que j'ai rebâtie après l'épave qu'elle était devenue à cause de mes mauvais choix à Los Angeles, et que tu viens de balayer en m'incluant dans une liste de types qui vont se pavaner sur une scène comme une troupe de chippendales sans pudeur.

— Oh.

Elle s'humecta les lèvres en s'enfonçant un peu dans la chaise.

— Oh, répéta-t-elle.

Décidément, elle ne savait vraiment pas quoi dire d'autre.

D'un mouvement brusque, il se leva, son fauteuil roulant en arrière vers la fenêtre sous la force de son élan. Pendant un instant, il resta là, debout, puis il contourna le bureau. Elle dut incliner la tête en arrière pour croiser son regard, sous peine de garder les yeux à peu près au niveau de son entrejambe.

Son emportement la prenait au dépourvu. Bon sang, elle aurait dû rester debout, car cette position était intimidante comme pas possible. D'accord, elle avait foiré, mais elle était venue ici pour faire amende honorable, *pas* pour se laisser marcher sur les pieds.

— Je t'assure, personne ne se pavane pendant ce concours.

Il haussa les sourcils.

— Vraiment ?

Puis il recula, s'appuyant contre son bureau.

— C'est étrange. Parce que j'aurais pu jurer que tout le concours se déroulait exactement comme ça.

Il ne la quittait pas des yeux tout en parlant, et encore après, en enlevant sa veste.

Sa bouche était sèche et elle sursauta quand il la laissa tomber sur son bureau. Mais là où elle faillit *vraiment* perdre la tête, ce fut quand il plissa ses yeux d'un bleu de glace et desserra sa cravate, puis la laissa glisser entre ses doigts avant de la lâcher, aussi désinvolte que s'il se déshabillait pour se mettre au lit.

Pendant ce temps, il marchait de long en large, et à chaque pas, elle sentait sa respiration devenir plus saccadée et son corps plus conscient. Cet homme agissait comme un aimant sensuel, et plus il s'approchait, plus son corps tout entier aspirait à aller vers lui. Son sang bourdonnait à ses oreilles. Ses mamelons durcissaient. Ses lèvres picotaient.

Et puis... oh, Dieu du ciel ! Il commença à déboutonner sa chemise. Un bouton, puis un autre, et encore un autre, jusqu'à ce qu'il s'arrête juste en face d'elle. Les poils de son torse apparaissaient entre les pans de coton blanc amidonné, si séduisants qu'elle dut presque s'asseoir sur ses mains pour éviter de tendre le bras et le toucher.

Il s'arrêta après trois boutons, et sa bouche s'ouvrit. Aussitôt, elle fut envahie par la déception.

— À moins que j'aie tort ? demanda-t-il d'une voix basse et terriblement sensuelle.

Il lui fallut une seconde pour se souvenir de son propre nom, sans parler de ce dont ils avaient discuté juste avant.

— Ce n'était pas se pavaner, ça, répondit-elle lorsque son cerveau recommença à fonctionner. C'était rouler des mécaniques.

Bien tenté. Il sourit presque à ces mots. Mais à part cela, il demeura de marbre. Sans rien révéler de plus, il retourna à son bureau et s'y appuya une fois encore en disant :

— Tu coupes les cheveux en quatre, là.

— Ce que je veux dire, c'est qu'en effet, c'est un concours pour un calendrier sexy. Bien sûr qu'il faut un minimum se pavaner, faire le beau et se mettre en valeur.

Et, pensa-t-elle, *il pouvait toujours se pavaner devant elle quand il voulait.*

— Je ne participe pas à ça. Comme je l'ai déjà mentionné, je n'ai jamais eu l'intention de concourir. Et au fait, t'est-il seulement venu à l'esprit de me demander ma permission ?

Quelle que soit l'aura sensuelle qui avait commencé à l'envelopper, voilà qui remettait immédiatement les pendules à l'heure. Elle faillit bondir de sa chaise.

— Excuse-moi ? Bien sûr ! J'ai appelé et parlé à ton assistante. Je lui ai spécifiquement dit qui j'étais, que j'appelais au nom du *Fix* et que nous espérions que tu participerais au concours.

— Et puis, tu es partie du principe que j'étais d'accord et tu t'es empressée d'aller distribuer tes flyers dans toute la ville.

— Je...

Elle s'interrompit. Bon sang, elle avait envie de discuter, de lui dire que son assistante précédente avait foiré, ce qui était vrai. Mais Megan avait merdé, elle aussi, alors pourquoi leur causer des ennuis à toutes les deux ?

— Quoi ? demanda Parker alors que le silence persistait. Lisa t'a dit qu'elle était sûre que je serais heureux de t'aider, et tu as pris ça comme parole d'évangile avant même ma confirmation ?

— Non, mentit-elle. Non, je voulais demander la permission. Et dans mon empressement à sortir le flyer, j'ai cru que tu accepterais.

Pendant un moment, il ne dit rien. Il la regardait simplement. Quand il reprit enfin la parole, ce fut pour demander :

— Pourquoi ?

Elle haussa les épaules, furieuse contre elle-même.

— Honnêtement, je ne sais pas. Peut-être parce qu'on se connaissait, tous les deux.

Elle inspira et baissa les yeux au sol. Et puis, comme l'heure était aux *mea culpa*, elle poursuivit :

— Ou peut-être parce que je pensais que tu m'aimais bien, avant.

Elle leva les yeux pour le regarder.

— Au moins un peu, ajouta-t-elle.

Il soutint son regard d'un air impassible. Mais elle crut voir ses épaules s'affaisser. Le silence entre eux s'épaissit jusqu'à ce que, finalement, il lui dise :

— C'était le cas. C'est toujours le cas.

Un infime sourire dansait sur ses lèvres.

— À moins que tu n'aies pas entendu le premier argument de ma négociation. Je pensais avoir dit clairement que je te désirais.

Elle roula des yeux.

— Ça ne veut pas dire que tu m'aimes bien, ça, seulement que tu es un goujat.

— Attention, je peux retirer mon offre très aimable et te regarder te démener pour réparer ce gâchis dans lequel tu m'as entraîné.

Ses mots étaient intenses, mais son intonation légère. Alors, peut-être commençaient-ils à se réchauffer au contact l'un de l'autre ?

Elle ne pouvait pas en être certaine. Sa simple présence dans la pièce semblait l'amuser. Et elle ne pouvait pas risquer de tout gâcher à nouveau.

— Je peux arranger ça, dit-elle résolument. Tu dis que j'ai entaché ta réputation ? Nous pouvons utiliser cette réputation et en sortir encore plus forts qu'auparavant.

— Je suis tout ouïe.

— Et si on annonçait que tu le fais pour une bonne cause ? Et que pour chaque vote, tu feras un don de 100 $ à un organisme de bienfaisance.

Il croisa les bras, l'air à la fois suffisant et amusé.

— Donc, au lieu de te laisser te démener pour résoudre ce problème, je vais signer un très gros chèque ?

— Hmm...

— Et qu'en sera-t-il de tous les hommes qui ne gagneront pas parce que j'obtiendrai ces votes de charité ?

Elle le toisa du regard.

— Je viens de te voir te pavaner, tu as déjà oublié ? Crois-moi, tu gagneras même sans le vote de charité.

Elle haussa les sourcils et elle vit son regard étinceler avec chaleur. Mais il se contenta de dire :

— Bien essayé.

— D'accord, tu as raison. C'était une idée minable.

Merde. Elle se creusait les méninges comme elle pouvait.

— En fait, l'idée de la charité n'est pas mauvaise. Je peux travailler là-dessus.

— Vraiment ?

Le soulagement déferla dans ses veines, aussi chaud et doux qu'un nappage au caramel. Dieu merci, c'était réglé.

— Absolument. Nous l'ajouterons aux autres clauses.

La vague de soulagement se transforma en neige fondue.

— Les clauses ?

Il acquiesça.

— Tu es clairement réticente à accepter ma proposition initiale. L'ajout de ces quelques avantages promotionnels devrait en valoir la peine. Après tout, transformer le concours en une collecte de fonds caritative, même pour un soir, ça apportera une importante couverture médiatique au *Fix*, j'en suis sûr.

— Eh bien, oui, mais cette conversation a commencé parce que...

Elle s'interrompit. Elle n'arrivait pas réellement à se rappeler comment tout avait commencé, si ce n'est que son compromis initial consistait à l'échanger, elle, contre sa participation au concours. Et c'était hors de question.

— Regarde-moi, Megan.

Sa voix, à la fois dominatrice et mélodieuse, ne permettait aucune désobéissance. Pour tout dire, elle était trop fatiguée et frustrée pour se battre, de toute façon.

Elle leva les yeux et constata que les braises qu'elle avait vues dans les siens s'étaient changées en un désir brûlant si intense qu'un étau de chaleur lui enserra le cœur.

— L'essentiel, c'est que j'ai envie de toi, Megan. J'avais envie de toi à Los Angeles, et maintenant tu débarques ici, dans tous tes états. Tu me renvoies à l'homme que j'étais à l'époque. Un homme qui avait l'habitude d'obtenir tout ce qu'il voulait, y compris chaque femme qui l'intriguait et qu'il mettait dans son lit.

Il fit un pas vers elle et son souffle s'accéléra.

— Et tu sais pourquoi, Megan ? Ce n'était pas à cause de mon compte bancaire, même si je dois admettre que ça ne pouvait pas me nuire. Non, c'est parce que je suis doué pour ça. Je sais où se cache le plaisir et je sais comment l'exprimer. Je sais apprivoiser le désir et mettre la passion en laisse. J'ai des secrets, Megan. Des secrets que je peux partager avec une femme, des secrets pour lesquels elles viennent toutes mendier. Des secrets qui mènent à des trésors que tu ne peux même pas imaginer.

Des gouttes de sueur perlaient sur sa nuque. Et cela n'avait absolument rien à voir avec la température étouffante de l'extérieur.

Il se pencha en avant, approchant ses lèvres de son oreille. Si près que son odeur la caressa, une senteur boisée et virile qui aurait semblé en contradiction avec l'homme en costume si elle n'avait pas été témoin de la nature sauvage qu'il renfermait.

— N'est-ce pas, Megan ? Tu sais que tu le veux aussi.

Au prix d'un effort suprême, elle se força à secouer la tête.

— Non. Ce que tu proposes. C'est… c'est inapproprié.

Il recula d'un pas, la dévisagea longuement, puis éclata de rire.

— Oui, sans doute. Tu peux refuser si tu le veux vraiment. Mais ce n'est pas moi qui ai foiré ici, Megan.

Il recula, les mains jointes derrière son cou tout en la regardant.

— Nous avons fini de parler. Il est temps pour toi de faire ton choix.

Elle inspira, son pouls battant avec impatience, comme si son corps savait quelle serait la réponse avant même que son cerveau ne commence à la formuler.

— Juste une nuit, c'est ça ? C'est tout ?

Il acquiesça.

— Et uniquement dans les limites de mon consentement ?

Il arqua un sourcil.

— Eh bien, un dîner, un film et un chaste baiser ne suffiront pas.

Il laissa son regard l'envelopper, de la tête jusqu'à ses orteils. Sous cette inspection, elle sentit son corps s'embraser.

— Mais ne t'inquiète pas, ajouta-t-il quand ses yeux rencontrèrent à nouveau les siens. Je ne fais pas dans le brutal. Pas à moins que tu ne le demandes spécifiquement, fit-il avec un petit sourire.

Elle déglutit, se demandant dans quel enfer elle s'embarquait, et plus excitée qu'elle ne voulait bien l'avouer, même pas à elle-même.

— Non, continua-t-il en se penchant, les mains sur les accoudoirs de sa chaise, la prenant au piège de son corps. Je veux seulement te faire du bien, Megan. Faire battre ton cœur et enflammer ta peau. Goûter tes lèvres, tes seins, chaque partie délicieuse de ton anatomie. Du plaisir, c'est tout. C'est moi qui donne et toi qui profites. Allez, Megan. Il te suffit de dire oui.

Elle s'efforça de ne pas se trémousser sur sa chaise, mais elle savait très bien que sa culotte était trempée. Pire encore, elle était certaine qu'il le savait aussi.

Avec une force de volonté extraordinaire,

elle réussit non seulement à le regarder, mais à trouver les mots.

— Si tu veux tout cela, demanda-t-elle, alors pourquoi en fais-tu une punition ?

Il ne répondit pas, se contentant de sourire.

Comme le silence persistait, bientôt elle n'y tint plus et agita le drapeau blanc en chuchotant :

— Oui.

Il hocha la tête, presque imperceptiblement.

— Mercredi, dit-il. Nous commencerons notre rendez-vous une fois le concours terminé. Et prévois un congé jeudi. Il faut savourer ce moment, après tout.

Elle écarquilla les yeux et il ricana.

— Merci d'être venue aujourd'hui, Megan. C'est un plaisir de faire affaire avec toi.

Quel connard.

Une ordure de premier ordre, certifié numéro un.

Mais au moins, il le savait, alors peut-être que cela contribuait en partie à le racheter.

Difficile à dire. Franchement, il s'en fichait. Tant qu'il avait obtenu ce qu'il voulait.

Et ce qu'il voulait, c'était Megan.

Avec un soupir, il s'installa sur la chaise qu'elle avait quittée, encore chaude de son corps. Son parfum s'attardait avec sa chaleur, des fragrances de vanille qui attisaient ses sens. Il avait un faible pour les gâteaux blancs avec glaçage à la crème de vanille, mais pour le moment, il avait envie d'une gourmandise encore plus sucrée.

Pas seulement sucrée. Forte, aussi. Sa queue se manifesta sous l'effet du désir alors qu'il la revoyait assise sur cette chaise, à admettre son erreur.

Pendant un moment, il se délecta de ce souvenir. Mais ensuite, il se leva et contourna son bureau. Les sourcils froncés, il appuya sur le bouton de son interphone pour appeler la réception, puis attendit que la voix efficace de Madame Ridley se fasse entendre.

— Oui, Monsieur Manning ?

— Est-ce que Lisa est là ?

C'était son assistante depuis moins de trois mois, mais son manque d'attention aux détails avait scellé son départ. Plutôt que de la licencier, il l'avait mutée aux ressources humaines.

Maintenant, pensait-il, elle était préposée au classement.

— Oui, monsieur. Dois-je vous l'envoyer ?

— S'il vous plaît.

Il mit fin à l'appel, puis attendit, pas tout à fait certain de ce qui l'avait poussé à emprunter cette route particulière. Après tout, Megan avait été parfaitement claire : elle avait brûlé les étapes en imprimant les flyers, et Lisa n'avait jamais suggéré qu'il était prêt à participer.

Malgré tout, il voulait lui parler en personne.

Elle arriva dans les cinq minutes, essuyant ses paumes sans doute moites sur son pantalon. Cette fille devenait nerveuse et agitée au moindre regard de travers. Encore une autre raison pour laquelle elle n'était plus son assistante. Il avait besoin d'une professionnelle qui anticipait ses ordres, non pas qui sursautait chaque fois qu'il lui parlait.

— Vous ne craignez rien, lui dit-il.

C'était la meilleure façon d'entamer chaque conversation avec elle.

— J'essaie de dissiper un malentendu et j'ai seulement besoin d'obtenir quelques détails.

— Oh.

Elle cligna des yeux.

— D'accord. Bien sûr.

— Il paraît que vous avez dit aux gens du *Fix* que je participerais à leur concours de l'homme du mois.

Ce n'était pas ce qu'il pensait, en réalité. Il supposait même le contraire. Bon sang, Megan avait confirmé que Lisa n'avait pas commis une erreur aussi grossière que de l'inscrire à un événement sans l'avoir d'abord consulté.

Tout ce qu'il voulait, c'était qu'elle le nie.

Au lieu de ça, elle hocha la tête.

— C'est vrai. C'est un événement très populaire. J'y suis allée avec mes amies après le travail, il y a environ un mois. Nous avons assisté à Mister Avril. C'est le gars de la radio qui a gagné. Ce DJ tellement drôle pendant l'émission du matin quand...

— Lisa.

Elle ferma la bouche, les yeux grands ouverts.

— Y a-t-il une raison pour laquelle vous ne m'en avez jamais parlé ?

Il ne l'aurait pas cru possible, mais ses yeux s'arrondirent encore plus.

— Oh, non, monsieur. Aucune raison.

Il envisagea de répondre, mais il se ravisa et hocha la tête.

— Merci, Lisa. C'est tout ce que j'avais besoin de savoir.

— Oh. Alors je peux y aller ?

— Oui. Merci.

Il pressa les doigts contre ses tempes, luttant contre un mal de crâne.

Au moins, il avait la confirmation qu'il avait pris la bonne décision en renvoyant Lisa de son bureau.

Et il avait aussi confirmé ses soupçons : Megan l'avait mené en bateau, couvrant délibérément l'erreur de son assistante.

Avec un soupir, il regarda par la fenêtre tout en réfléchissant.

La vérité, c'était qu'il avait été intrigué par Megan dès qu'il l'avait rencontrée, mais elle s'était jetée dans les bras de Carlton avant qu'il ne puisse bouger. Il était assez superficiel pour admettre que c'était son physique qui avait initialement attiré son attention. Ses longs cheveux magnifiques, foncés contre sa peau claire. Ses grands yeux bruns, dissimulés aujourd'hui derrière des lunettes à monture turquoise. Son corps mince et ses courbes subtiles. Et ce sourire enjôleur qui avait le pouvoir de l'anéantir.

Il voulait l'attirer contre son corps et

enrouler ses doigts dans ses cheveux. Il voulait se perdre au fond de ses yeux et se prélasser dans la beauté de son sourire.

Mais si son apparence l'avait fasciné, sa personnalité l'intriguait tout autant. Il avait toujours eu un faible pour les femmes capricieuses, et elle était certainement qualifiée à ce titre. Après tout, il savait qu'elle avait déménagé à Los Angeles sans un sou. Et elle était aussi farouchement autonome. C'était ce qu'elle avait prouvé aujourd'hui en refusant de dénoncer Lisa.

Il avait cru l'avoir perdue lorsqu'elle avait quitté Los Angeles de façon inattendue, sans rien dire à personne, mais après avoir déménagé le siège social de PCM à Austin, trois mois plus tôt, il l'avait vue dans la rue et s'était rendu compte qu'elle aussi était venue s'installer ici.

Pour Parker, c'était un sacré signe du cosmos.

Entre la coïncidence d'Austin et la bourde de Lisa, il était clair que le destin lui donnait une autre chance, qu'il n'avait pas l'intention de laisser passer.

Quoi qu'il en coûte, d'une manière ou d'une autre, il aurait Megan Clark dans ses bras... et dans son lit.

QUATRE

Le mercredi soir arriva, à la fois rapidement et avec une lenteur insoutenable. Le lundi était passé dans un brouillard, mardi dans un tourbillon, et aujourd'hui un peu les deux. Elle avait eu le temps de respirer seulement quelques heures plus tôt, lorsque Beverly Martin, star montante qui avait accepté d'être la maîtresse de cérémonie du concours, était arrivée chez elle pour une séance de maquillage.

— Tu as rencontré tous les participants, non ? avait demandé Bev. Qui va gagner selon toi ?

Parker. C'était une évidence pour Megan. À haute voix, elle répondit :

— Je ne sais pas trop.

— Hmm.

L'intonation suave de Bev suggérait le chocolat raffiné ou le sexe dans des draps de soie.

— Je miserais sur Parker. On s'est rencontrés quand j'étais à Los Angeles après la nomination de *Suburban Love Song*.

Elle lui fit ce genre de sourire qui suggérait un secret croustillant.

— Cet homme est définitivement digne d'un calendrier.

— Certainement, répondit Megan sur un ton guilleret.

Mais ses entrailles se nouèrent désagréablement quand elle se demanda si Bev et Parker étaient sortis ensemble. Ce n'était pas important pour elle, bien sûr. Vraiment pas.

Mis à part cet élan de jalousie insignifiant, la séance maquillage avec Bev lui avait offert un bon répit pour ses nerfs, parenthèse dans l'inquiétude constante qu'elle se faisait pour la soirée à venir avec Parker.

À présent, Bev était partie depuis plus d'une heure et la nervosité de Megan était revenue au galop.

Au moins, il était enfin temps pour elle de

s'habiller et de prendre le chemin du *Fix* pour le concours.

Et pour tout ce qui suivrait.

Son estomac se retourna lorsqu'une nouvelle vague fébrile la submergea. Sérieusement, elle s'ordonna de se détendre. Elle était sur le point d'y arriver quand une autre pensée lui vint à l'esprit : *jeudi.*

Parker lui avait dit de prévoir son jeudi et elle l'avait fait, confirmant ce jour de congé auprès de Tyree et Jenna dès qu'elle était arrivée au *Fix* lundi, après sa rencontre avec Parker.

Ensuite, bien sûr, elle avait fait de son mieux pour ne pas penser aux implications. Parce que, eh bien... *Waouh.* Elle avait prévu de se coucher très tard mercredi, avec éventuellement la possibilité de remettre ça – quoi donc, au juste ? – le jeudi matin avant de partir. Mais toute la journée ? Pourquoi devait-elle réserver toute sa journée ?

Elle avait décidé de ne pas s'en inquiéter. Or maintenant que mercredi était là et que jeudi approchait à grands pas, elle ne pouvait pas éviter le problème.

Jouait-il avec ses nerfs ?

Avait-il vraiment l'intention de l'occuper

pendant vingt-quatre heures complètes ?
C'était bien possible. Après tout, à cause du concours, leur tête-à-tête ne commencerait pas vraiment avant 21 h 30.

Mais il avait dit qu'il avait envie d'elle, et elle savait que cela n'annonçait pas de simples bavardages autour d'un café. Alors peut-être prévoyait-il vraiment une aventure sexuelle jusqu'au lendemain ? Une liaison torride dans un hôtel de luxe, avec le genre d'activités nocturnes dont elle était certaine que Parker était expert, conçues pour faire fondre une femme.

Elle déglutit, la bouche soudain très sèche. *Était-ce ce dont elle avait envie ?*

Son esprit fut prompt à affirmer que ce n'était absolument pas le cas.

Mais à en juger par le frisson qui la parcourut, son corps avait une tout autre opinion sur la question.

Frustrée, elle attrapa sa brosse à cheveux sur la commode, puis s'approcha de la fenêtre tout en se démêlant, le regard au loin. Elle ne pensait qu'à ce soir et à la myriade de choses que Parker avait en tête.

Honnêtement, cela pourrait être n'importe quoi.

N'importe quoi.

Elle frémit et referma les bras autour de son buste en réalisant à quel point c'était vrai. Après tout, Parker était ami avec Carlton. Qui sait quelles tendances il pouvait avoir ?

Contrariée, elle pencha la tête et recommença à se brosser, plus vigoureusement encore. Elle était parano et un peu injuste. Carlton ne lui avait jamais fait de mal, et il n'avait jamais rien tenté de trop spécial. Il venait seulement de devenir un peu bizarre quand elle l'avait quitté.

Cela dit...

Parker pouvait aussi se révéler bizarre. Avait-elle échappé au diable pour se heurter à pire encore ?

Non, sans doute pas. Il lui faisait l'effet d'être... Bon, d'accord : arrogant et exigeant avant tout. Mais elle n'éprouvait aucune appréhension. Au contraire, les seuls frissons qu'elle ressentait pour Parker étaient des étincelles d'impatience.

Et c'était un danger d'un tout autre genre.

Elle prit une profonde inspiration et commença à s'éloigner de la fenêtre.

C'est alors qu'elle remarqua la voiture. Noire, aux lignes épurées, tout comme celle qu'elle avait aperçue depuis sa fenêtre, dimanche dernier. Encore une fois, elle était garée en double file juste en face de son appartement. La lumière à l'intérieur indiquait que quelqu'un était assis là.

Avec un frisson, elle resserra son peignoir autour d'elle, essayant de repousser un froid soudain. En vain. La pièce était chaude et le froid provenait de sa peau. Elle était glacée jusqu'aux os et même une veste d'alpinisme rembourrée de duvet ne pourrait pas la réchauffer, encore moins le peignoir fin qu'elle avait acheté en soldes dans un magasin discount.

Elle se força à s'éloigner de la fenêtre. Ce n'était rien. Pas grave. Juste une voiture noire dans la rue, sous la fenêtre de sa chambre. Il n'y avait aucune raison de penser que cela puisse être une menace pour elle ou pour quelqu'un d'autre. Peut-être le conducteur cherchait-il une place pour se garer, ou bien c'était un taxi haut de gamme qui attendait patiemment son client. Il y avait un million de raisons possibles pour que cette voiture se trouve dans sa rue, et la plupart d'entre elles étaient inoffensives.

Par ailleurs, elle ne pouvait pas affirmer qu'elle avait déjà vu *cette* voiture en particulier auparavant. Bon sang, ce n'était sans doute pas le même modèle qu'elle avait remarqué dimanche. Et quand bien même, quelle différence ? Un grand nombre de personnes vivaient dans les appartements Railyard, il n'y avait aucune raison de penser que la voiture avait un quelconque lien avec elle, n'est-ce pas ? *Évidemment.*

Agacée par ses peurs persistantes, elle retourna à la fenêtre. La voie était libre. Plus de voiture noire en vue.

Ses épaules s'affaissèrent avec soulagement. Elle était rassurée. Carlton ne l'avait pas retrouvée. Il n'était pas venu de Los Angeles à Austin rien que pour jouer avec elle.

Franchement, elle était ridicule. Elle était à Austin depuis plus de trois mois maintenant et elle n'avait pas eu la moindre nouvelle de sa part. C'était fini. Bien fini. Elle était partie.

Partie ? Elle avait pris ses jambes à son cou, plutôt. Certes, c'était peut-être une réaction excessive, mais pour Megan, mieux valait prévenir que guérir. Sa sœur, Leslie, avait attendu trop longtemps pour s'éloigner de Jerry, et si elle était soulagée que Leslie se soit bien débrouillée à la fin, elle n'avait aucune envie de répéter les erreurs de sa sœur.

Peut-être que le comportement bizarre de

Carlton ne l'aurait pas entraînée aussi loin, mais il y avait eu des signes avant-coureurs. Elle aurait pu ignorer son extrême possessivité pendant qu'ils sortaient ensemble, considérant qu'il cherchait seulement à la protéger. Mais c'était après qu'elle eut rompu avec lui qu'elle avait commencé à devenir nerveuse. Les appels de numéros masqués en fin de soirée. Les voitures garées devant son appartement. Les fleurs livrées avec des messages explicites et sans signature. Et cette horrible sensation d'être constamment épiée.

Elle avait tout arrêté et elle s'était enfuie, quittant Los Angeles pour Austin, une ville avec laquelle elle n'avait aucun lien particulier. Pourquoi est-ce que quelqu'un la chercherait ici ? Et il y avait suffisamment de richesses et de divertissements pour permettre à une maquilleuse indépendante de vivre correctement.

Mais *vivre correctement* s'était avéré plus difficile qu'il n'y paraissait, notamment parce qu'Austin coûtait très cher.

Heureusement qu'il y avait eu le *Fix*.

Elle inspira et ses pensées volatiles se posèrent finalement sur ce qui comptait vraiment : s'habiller et aller au club.

Avec un dernier coup d'œil soucieux en direction de la fenêtre, elle enfila la robe d'été jaune avec le corsage ajusté qu'elle avait choisie pour ce soir – simple et flatteuse, associée à des sandales ornées de strass et un pull en coton fin. C'était la tenue la plus flexible de sa garde-robe. Assez décontractée pour le *Fix* et assez séduisante si Parker l'emmenait dans un endroit chic pour le dîner. Et puisque Parker ne lui avait pas donné le moindre dress-code, il allait devoir s'en contenter.

Elle ne vit aucun véhicule louche lors du court trajet à pied jusqu'au *Fix*, mais malgré cela, elle fut soulagée en entrant dans le bar et en voyant Griffin lui faire signe.

— Tu es bien habillée. Qu'est-il arrivé au jean habituel et au t-shirt du *Fix* des soirées concours ?

— J'avais envie de changer un peu, dit-elle en évitant son regard.

— Hmm.

Il fit signe à Éric de lui apporter un nouveau verre, puis il lui commanda de l'eau, car elle était techniquement en service jusqu'à la fin du concours.

— J'ai vu que Parker Manning était

toujours sur la liste des candidats, ajouta-t-il. Comment l'as-tu convaincu ?

— Oh, on transforme sa participation en œuvre de charité. Tu en entendras parler dans l'intro de Bev.

— Hmm, fit-il en regardant une fois de plus sa tenue.

Cette fois, quand il rencontra son regard, il y avait un sous-entendu appuyé dans le sien.

— Bon sang, Megan, tu n'as pas...

Heureusement, elle fut sauvée par l'arrivée exubérante d'Amanda Franklin, agent immobilier local et habituée du *Fix*. C'était également l'une des meilleures amies de Jenna, et cette relation amicale avait déteint sur Megan.

— Amanda !

Elle l'étreignit chaleureusement, un peu plus que nécessaire, mais elle était reconnaissante que son arrivée ait balayé les questions de Griffin.

— Alors, toi ! Jenna m'a dit tout ce que tu as fait...

Megan leva les yeux au ciel, faisant rire Amanda.

— Oui, elle m'a tout dit, reprit-elle en mettant l'accent sur *tout*. Mais elle m'a aussi dit que tu avais rectifié le tir. Bon travail.

Amanda jeta un regard circulaire dans le bar déjà plein, qui devenait de plus en plus bondé à chaque seconde.

— Tu sais, je pense que ce sera peut-être la meilleure soirée de toutes. Tes flyers ont certainement attiré l'attention, et ce qu'ils promettent n'est pas mal du tout. Ce Parker ? Waouh, cet homme est canon.

Griff fit les gros yeux, mais Megan se contenta de rire.

— Tu l'as dit, admit-elle, le corps vibrant d'un secret sensuel.

C'était vrai, il était canon. Et ce soir, il sortait avec elle. En supposant que leur tête-à-tête corresponde à cette définition.

— Honnêtement, s'il s'agissait d'une vente aux enchères de célibataires au lieu d'un concours pour un calendrier, je crois que je ferais une proposition.

Amanda fit mine de s'éventer et Megan dut mettre une main sur sa bouche pour ne pas rire, parce que Parker venait de s'avancer juste derrière elle. Même avec le vacarme, il l'avait forcément entendue.

— Salut, dit-il, son attention entièrement concentrée sur Megan. J'attends cette soirée avec impatience.

Devant lui, Amanda fit volte-face. Elle écarquilla les yeux en le voyant, et encore plus en découvrant l'homme qui l'accompagnait, un inconnu aux cheveux courts et noirs, aux yeux d'un gris clair qui semblaient receler mille secrets, avec un petit sourire aux lèvres.

Megan était sur le point de demander qui était cet homme quand Griff parla en premier, s'adressant à Parker.

— Vous avez dit que vous attendiez ce soir avec impatience ?

On aurait dit un interrogatoire.

— Vous voulez dire le concours, c'est ça ?

— Bien sûr, répondit Parker, qui regardait pourtant Megan. Quoi d'autre ?

Griffin ne répondit pas. Même si elle évitait son regard, Megan pouvait sentir ses yeux perçants comme des lasers dans son crâne.

— Qui est ton ami ? demanda-t-elle à Parker, comme tactique de diversion, mais aussi parce qu'elle était véritablement curieuse.

— Désolé, dit-il. Je vous présente Derek Winston.

Chacun se présenta, lui serrant la main à tour de rôle. C'étaient des salutations banales, pourtant Megan remarqua l'hésitation d'Amanda, qui retira sa main un peu trop tôt.

Une réaction étrange, étant donné qu'Amanda était bien la dernière personne à se laisser intimider par un beau mec.

— Des hôtels Winston, c'est ça ? demanda Griffin.

Cette question déplaça l'attention de Megan vers Derek.

— De belles propriétés, commenta-t-elle.

— Merci, fit-il. C'est une entreprise familiale, mais j'ai repris la direction des opérations nord-américaines. Je suis en ville pour des visites personnelles dans les trois hôtels d'Austin. Puisque Parker et moi, on est de vieilles connaissances, j'ai pensé que je viendrais le voir groover sur scène.

— Si je groove ce soir, répondit Parker en jetant un coup d'œil à Megan, si furtif qu'elle crut l'avoir imaginé, ce ne sera pas sur scène.

— Vous voilà !

La voix familière de Taylor se fit entendre, puis elle se fraya un chemin à travers la foule, épargnant à Megan une autre série de questions de la part de Griffin.

Taylor attrapa le bras de Parker et une jalousie sourde se mit à bouillir dans le ventre de Megan, même si elle savait parfaitement que le geste n'était pas intime. Taylor était la régisseuse du concours, et la partie la plus difficile de son travail consistait à faire venir les candidats à leur place, derrière la scène.

De toute façon, Megan ne pouvait pas ressentir de jalousie pour un homme sur lequel elle n'avait aucune prérogative.

— À plus tard, tout le monde, lança Parker à la cantonade, son attention pourtant rivée sur Megan.

— Bonne chance, dit-elle.

Elle s'attendait à ce qu'Amanda dise la même chose, mais cette dernière était concentrée sur son téléphone. Elle avait la nette impression que c'était un prétexte et qu'Amanda cherchait à éviter quelque chose.

Mais qu'esquivait-elle, ou qui ?

Quoi qu'il en soit, ce n'était pas une question sur laquelle elle pouvait s'appesantir en ce moment.

— Je dois aller voir Beverly, annonça-t-elle en désignant la maîtresse de cérémonie qui lui faisait signe de monter sur scène. Ravie d'avoir fait votre connaissance, Derek, dit-elle avant de se précipiter vers la scène, Griffin à ses côtés.

— Tu vas me dire ce qui se passe entre toi et Parker ?

— Non, répondit-elle simplement.

Il ouvrit de grands yeux étonnés et elle fit une pause assez longue pour prendre une profonde inspiration.

— Je veux dire oui, mais plus tard. On boit un verre demain soir ?

Il avait l'air de vouloir protester, mais il hocha la tête.

— D'accord, je vais aller nous chercher des places au bar. Fais ce que tu as à faire et retrouve-moi là-bas.

Elle acquiesça, puis se précipita vers Beverly, croisant Taylor qui revenait.

— Je te jure qu'on dirait un groupe de chats intenables, souffla l'organisatrice, faisant pouffer Megan.

— Tu es de bonne humeur, observa Beverly alors qu'elle effectuait une retouche rapide sur son maquillage.

Les caméras tournaient afin que des extraits du concours puissent être diffusés dans *Réno Boutique*, l'émission de télé-réalité centrée sur la rénovation du *Fix*. Megan savait que pour cette raison, Beverly était hyper-pointilleuse sur son apparence au moment de monter sur scène. Cela dit, elle n'avait aucun souci à se faire. Aux yeux de Megan, Bev avait toutes les qualités requises chez une star.

Beauté naturelle, gentillesse authentique et du talent à revendre.

— Parfait, déclara-t-elle. En scène.

— Merci, répondit Beverly. Souhaite-moi bonne chance.

Megan rit, puis se retourna pour rejoindre Griffin au bar. Elle n'alla pas jusqu'au bout, cependant, car elle aperçut Jenna et Reece au bord de la scène.

— Salut, lança Jenna en lui faisant signe.

Un immense sourire éclaira ses yeux à l'approche de Megan.

— Tu as assuré ! L'erreur s'est changée en victoire, tout compte fait.

— Merci. Mais j'avoue que c'était stressant.

— Enfin, tu as réussi, dit Reece. Toutes nos félicitations.

Il avait son bras autour de Jenna, qui était appuyée contre son large torse, le visage un peu fatigué.

— Ça va ?

— Oh, oui. Très bien, répondit-elle. Un peu claquée, c'est tout.

— Tu as besoin d'une chaise ? s'enquit Megan.

Elle était certaine que Jenna était enceinte,

mais Reece et elle n'avaient toujours rien annoncé officiellement à leurs amis.

— J'en ai une pour elle ici, expliqua Reece en pointant du doigt le siège dissimulé derrière son corps imposant. Elle dit qu'elle ne verra rien si elle s'assied.

Il leva les yeux au ciel, puis lui adressa un sourire malicieux.

— Pourquoi faut-il qu'elle voie ces minables, de toute manière ? Elle m'a déjà.

— Je t'ai, et je te garde, confirma Jenna avec un clin d'œil à Megan. Cela ne veut pas dire que je ne peux pas admirer la marchandise.

Megan retint un sourire, reportant son attention sur Reece. Ils avaient eu une petite aventure d'un soir, il y a quelques mois, avant qu'il ne se mette en couple avec Jenna. Megan venait d'arriver à Austin, elle se sentait perdue et seule. Reece ressentait la même chose à cette époque-là. Elle fuyait un homme, et lui, il fuyait son désir pour une femme qu'il ne pensait jamais pouvoir conquérir.

Reece avait trouvé le bonheur pour toujours, et bien que Megan ne lui en veuille pas, elle ne pouvait pas nier l'envie qui la prenait quand elle le voyait avec Jenna.

Reece vivait son rêve d'amour et de famille.

Et Megan ? Elle était partie pour avoir une autre rencontre superficielle avec un homme qui lui faisait battre le cœur, mais qui, au fond, ne voulait pas vraiment d'elle. Tout ce qu'il cherchait, c'était une contrepartie.

Elle avait essayé de se persuader que tout allait bien. Elle était jeune. Elle pouvait sortir, s'amuser... Avoir des aventures sans lendemain.

Il n'y avait rien de mal à ça, tant qu'elle était prudente et intelligente.

C'était peut-être vrai.

Mais ce n'était pas une question de mal ou de bien.

C'était une question de *plus*. Elle voulait plus qu'un coup d'un soir. Plus qu'une baise rapide, même avec un homme magnifique aux talents exceptionnels.

Elle voulait la totale, et elle voyait grand.

Malheureusement, elle commençait à avoir peur de ne jamais trouver la perle rare.

— Megan ?

Elle sursauta et se retourna pour découvrir Jenna qui la regardait.

— Tu as l'air perdue.

— Désolée, j'avais la tête ailleurs.

Heureusement, la musique du concours commença et elle n'eut pas à en dire plus. Au lieu de quoi, elle se leva sur la pointe des pieds et tendit le cou pour voir l'arrière-salle par-dessus la foule, où Parker et les autres hommes s'étaient rassemblés dans l'embrasure de la porte en attendant le signal.

Comme s'il sentait son attention, Parker leva les yeux et croisa les siens, pleins de chaleur et de promesses. Lentement, il sourit et elle soupira de plaisir. La chaleur de ce sourire réchauffait jusqu'à son âme.

Peut-être qu'elle n'avait pas ce que Reece et Jenna partageaient. Peut-être qu'elle ne l'aurait jamais.

Mais pour ce soir, au moins, elle avait Parker.

Et Megan prendrait ce qu'on lui donnerait.

CINQ

— Commençons ! fit Beverly d'une voix chantante, son sourire éclatant illuminant la pièce.

Elle leva les mains et Megan ne put retenir un sourire devant l'habileté avec laquelle elle avait imposé le silence dans la foule.

— Mais avant de commencer, j'ai une petite annonce. Ceux d'entre vous qui connaissent le concours de l'homme du mois remarqueront que celui de ce soir est un peu différent. Grâce à l'aimable suggestion du candidat Parker Manning, le concours de ce soir profite non seulement à toutes les femmes du public...

— Et les hommes gays ! cria quelqu'un dans son dos, déclenchant l'hilarité générale.

Beverly éclata de rire, elle aussi, mais ne perdit pas le rythme pour autant.

rationnelle avait été remplacée par une vérité fondamentale.

Il est à moi.

Ce soir, pensa-t-elle, *il est à moi.*

Puis une voix hurla sur sa gauche :

— Oh, oui, bébé ! Viens voir maman !

Parker se tourna dans cette direction, fit tournoyer une fois la chemise au-dessus de sa tête et l'envoya voler vers la fan en délire.

Que se passe-t-il ?

La bouche de Megan s'ouvrit et les griffes dures et froides de la jalousie l'écharpèrent. C'était à *elle* qu'il aurait dû envoyer cette chemise.

Ses yeux trouvèrent les siens et elle y vit le feu de la victoire. Elle sut à ce moment précis qu'il avait jeté la chemise volontairement, et qu'il savait très bien que cela enflammerait sa convoitise.

Grillée.

Il finit de monter les marches, arpenta toute la longueur de la scène et contracta ses muscles devant un groupe de femmes qui hurlaient.

Puis il s'écarta de la lumière tandis que les onze autres hommes prenaient tour à tour leur place sur scène. C'était difficile de succéder à Parker, et aux yeux de Megan, ils avaient tous perdu la compétition avant même qu'elle ne commence.

Les concurrents quittèrent la scène et les votes furent comptabilisés. Megan fut plus soulagée qu'elle n'aurait dû l'être quand Parker se contenta de hocher poliment la tête devant les femmes qui l'attrapaient au passage, leurs doigts avides caressant sa peau nue.

Il n'hésita pas un instant, ne marqua aucune pause. Au lieu de ça, il se dirigea tout droit vers elle et passa sa main autour de sa taille, l'attirant contre lui de sorte qu'elle n'eut d'autre choix que de se frotter contre sa peau chaude et nue. *Oh. Waouh.*

— Je t'ai manqué ?

Ses mots étaient un chuchotement, son souffle un effleurement sur son oreille, et elle sentit un tremblement se propager tout le long de sa colonne vertébrale.

Oui. Mais elle n'allait pas l'admettre. Au lieu de quoi, elle se dégagea délibérément de son étreinte afin de mieux le voir. Puis elle leva les sourcils et essaya de le regarder bien en face. Ce n'était pas évident, car il mesurait une tête de plus qu'elle.

— Pourquoi m'aurais-tu manqué ? Tu n'étais qu'à quelques mètres.

Il n'émit aucune objection, mais son sourire suffisant lui annonça qu'il n'était pas dupe.

Qu'à cela ne tienne. Ce soir, c'était leur tête-à-tête fougueux et sensuel, n'est-ce pas ? Étant donné qu'elle provoquait l'envie de toutes les femmes de l'assistance, elle avait bien l'intention d'en profiter.

— *Par ici !*

La voix de Griffin lui parvint, quelques mètres plus loin, et quand Megan se tourna dans cette direction, ce fut pour voir un t-shirt noir voler dans les airs.

Parker l'attrapa à une main, puis lui sourit.

— Qu'en penses-tu ? Je dois le mettre ?

— Tu décevrais toutes les femmes de ce bar.

— Y compris toi ?

Elle hésita, mais elle décida de viser plus haut en lui disant la vérité.

— Non.

La surprise scintilla dans ses yeux.

— Pourquoi pas ?

Elle inspira profondément pour se donner du courage.

— Je suis censée être à toi ce soir, non ?

Un sourire taquin apparut sur son visage.

— Je pensais avoir été clair, répondit-il

d'une voix aussi suave et riche que du whisky de première qualité. Tu n'es pas *censée* être à moi. Ce soir, tu *es* à moi.

— Ce qui signifie que tu es à moi aussi, fit-elle en levant le menton. Et je n'aime pas partager.

Pendant une fraction de seconde, il ne dit rien. Il rencontra simplement son regard et le soutint. Ce moment resta suspendu, plein d'une chaleur intense qui tourbillonnait autour d'elle, lui donnant le tournis et la remplissant d'impatience.

— C'est exact, dit-il finalement en enfilant le t-shirt.

Elle regarda le jeu de ses muscles pendant qu'il le passait par-dessus sa tête, puis elle inspira fortement quand son visage émergea et qu'il riva à nouveau son attention sur elle.

— Allons-nous-en.

Sa voix était basse et déterminée. À chacune de ses respirations, c'était comme si son corps voulait dire : « Oui ».

Au lieu de ça, elle répondit :

— Nous devons attendre le décompte des voix.

Bien sûr, ce n'était pas entièrement vrai. Le personnel du *Fix* invitait les candidats à rester, mais il était arrivé que les concurrents – même les gagnants – se dispersent avant l'annonce finale. Tant qu'ils revenaient pour le shooting du calendrier, tout allait bien. La fête continuait dans le bar.

— Si nous partons maintenant, j'ajouterai un zéro supplémentaire à l'intégralité des douze dons.

Elle déglutit.

— Ce n'est pas une très bonne gestion financière.

— Au contraire, j'utilise mon argent pour m'acheter quelque chose que j'apprécie vraiment, tout en soutenant douze excellentes causes et en bénéficiant d'importantes déductions fiscales. Ça ressemble à une victoire sur toute la ligne, je dirais.

Il leva la main, faisant signe à Jenna qui parlait avec Beverly.

Les deux femmes arrivèrent, et même s'il était clair que Jenna était sur le point de dire quelque chose, il l'interrompit d'un geste rapide.

— J'ai bien peur d'avoir une petite crise à régler. Je dois partir.

— Oh. Mais Taylor a déclaré que les résultats seraient prêts d'une seconde à l'autre.

Megan se pencha en avant. Elle avait l'intention de dire qu'il pourrait certainement rester quelques minutes de plus, mais elle fut la première étonnée quand elle s'entendit expliquer sa proposition d'ajouter un zéro supplémentaire à chaque don.

— C'est dommage qu'il doive partir, conclut-elle, mais c'est une offre tellement généreuse. Et pensez à la couverture médiatique positive pour le *Fix* !

Elle chercha l'approbation des deux femmes, qui se regardèrent, légèrement déconcertées.

— J'apprécie votre compréhension, leur dit Parker avant d'ajouter : Megan ? Je crois que ma voiture attend dans la rue. Tu m'accompagnes ?

Elle lança un regard à Jenna, comme pour dire *l'appel du devoir, que veux-tu ?* puis elle s'empressa de calquer sa foulée sur celle de Parker en se retenant d'éclater de rire.

Comme il l'avait annoncé, une voiture l'attendait dans la rue.

— Quand as-tu réussi à envoyer un SMS à ton chauffeur ?

Son sourire s'étira lentement.

— Je suis un homme aux multiples talents.

— Ça ne m'étonne pas.

Un courant électrique la traversa lorsqu'il posa une main au bas de son dos, puis la conduisit vers la voiture. Avant qu'ils ne puissent monter, cependant, Griffin les appela depuis la porte du *Fix*.

— Manning ! Eh, Manning.

Parker se retourna, Megan à ses côtés. Griffin s'avança à grands pas. Ses yeux lançaient des éclairs.

— À quoi vous jouez ? Et pas de bobards avec moi.

— Rien que Megan n'ait accepté.

— Griff, s'il te plaît...

Pendant une seconde, Griff ne dit rien et Megan craignit qu'il ne fasse une scène, qu'il ne demande à Parker ses intentions ou qu'il insiste pour jouer les chaperons.

Au lieu de ça, il pencha la tête et dit très lentement, détachant chaque syllabe :

— Si j'apprends que vous lui avez fait du mal, une larme, le moindre bobo, un ego meurtri, je vais vous botter le cul si fort que vous allez me prendre pour un hémorroïde.

— Je n'aime pas cette image, répondit Parker. Mais je comprends le message. Et vous avez ma parole.

Griff rencontra les yeux de Megan et elle le supplia silencieusement de bien vouloir se calmer et retourner dans le bar.

Par miracle, ce fut ce qu'il fit.

Parker le regarda partir et quand il se retourna vers Megan, elle fut étonnée par l'expression de son visage. Il n'y avait aucune colère, mais quelque chose de chaleureux et d'amical. Comme de l'approbation.

— Cet homme est un ami fidèle, dit-il une fois qu'ils furent tous les deux assis à l'arrière. À moins qu'il soit plus qu'un ami ?

— Non. On a cru que, peut-être... mais non.

— Tant mieux.

Le regard de Parker se fixa sur le sien. Sa réaction la troublait, et en même temps, lui faisait plaisir. Elle se demandait comment elle était passée d'un foirage total avec les flyers à ces regards de braise et une telle sensualité, mais elle n'allait pas se plaindre.

Cela dit...

Elle pencha la tête en le dévisageant et il la regarda, lui aussi, avec amusement.

— Quoi ?

— C'est juste que... eh bien, qu'est-ce que tu veux dire par *tant mieux* ?

Ses sourcils se levèrent avec une confusion évidente.

— Enfin, c'est vrai, ajouta-t-elle. Si c'est une histoire d'un soir, qu'importe ce qu'il y a entre Griffin et moi ?

— Je ne veux pas de distractions.

Il se tourna légèrement sur le siège pour la dévorer du regard, puis il lui prit la main. Son pouce caressait tout doucement sa paume tandis que sa voix basse et mélodieuse faisait chanter ses sens.

— Nous avons parlé à tort et à travers, alors je vais être clair. J'ai l'intention de t'emmener vers des sommets de sensualité que tu n'as jamais imaginés. De te donner un tel plaisir que tu me supplieras d'arrêter, puis tu crieras mon nom pour protester dès que je le ferai.

Une vague d'envie la traversa, et elle resta endolorie et essoufflée. Or il n'avait pas terminé son introduction implacable.

— Je vais t'étreindre pendant que tu te laisseras aller, puis je te rallumerai lentement et sûrement.

Il posa sa main sur sa cuisse, dans un geste qui la fit tressaillir. Sa paume reposait sur le tissu de sa robe, mais le bout de son doigt effleurait sa jambe nue. Ce point de contact était tout ce qu'elle savait, en cet instant, tout ce qu'elle était. Il la rendait folle avec cette caresse innocente conjuguée à ses promesses enjôleuses, et il n'avait même pas conscience de l'état dans lequel il l'avait déjà plongée.

— C'est ma mission, Megan. Et j'ai l'intention de la mener à bien.

Ses doigts interrompirent leurs mouvements érotiques.

— Tu comprends ?

Elle n'en était pas certaine. Tout ce qu'elle savait, c'était qu'il l'avait intoxiquée avec ses mots. Malgré tout, elle hocha la tête, un peu déphasée, un peu engourdie.

— Le plaisir est une réaction mentale autant que physique. Crois-tu que tu ressentirais autant ce contact de ma main si tu pensais à un autre homme ?

Elle déglutit, incapable d'imaginer comment quelqu'un d'autre pourrait se faufiler dans ses pensées devant cette force de la nature qu'était Parker Manning.

— Tu te souviens de ce que j'ai dit dans mon bureau ? demanda-t-il, poursuivant avant que ses pensées tourbillonnantes puissent trouver la réponse adéquate. J'ai envie de toi, Megan. Corps et âme. Je veux ta soumission.

Ta confiance. Ta reddition. Et surtout, je veux te donner du plaisir. Je veux t'entraîner aussi loin que tu le peux, et je veux être celui qui te fera découvrir ça.

Elle prit brusquement conscience qu'il avait soulevé l'ourlet de sa robe tout en parlant. À présent, le bout de ses doigts effleurait l'intérieur de sa cuisse, à seulement quelques centimètres de sa culotte humide, et soudain, ce point de contact lui parut résumer tout ce qu'elle savait dans le monde.

— Tu comprends ?

Elle acquiesça, trop peu confiante en sa capacité à former des mots cohérents.

— Bon, alors viens.

Elle se rendit compte dans un sursaut que la voiture ne bougeait plus. Ils semblaient être sur un tarmac, stationnés à quelques mètres d'un jet privé.

Elle se tourna vers lui.

— M'entraîner aussi loin que je peux ? dit-elle en référence à ses paroles. C'est ce que tu voulais dire ? Un voyage ?

— Non, lui assura-t-il en entremêlant ses doigts aux siens. Mais c'est un début.

SIX

Megan se tenait à côté de lui sur le tarmac, les yeux braqués sur le jet, et Parker sentit son estomac se nouer. Dans la voiture, elle avait réagi à ses caresses, s'était ouverte à son contact. Il avait vu la capitulation dans ses yeux quand il lui avait dit qu'il avait envie d'elle. Il avait vu sa peau irradier sous l'effet de la chaleur qui l'avait embrasée quand il lui avait promis du plaisir.

Ses doigts frémissaient encore du contact de sa peau contre la sienne, tout son corps en proie à une envie qui n'avait cessé de grandir depuis le moment où elle était entrée dans le bar vêtue de cette robe sexy au corsage ajusté, ses minuscules boutons nacrés implorant presque d'être arrachés.

Ils auraient dû continuer à rouler. Bon sang, ils auraient dû aller n'importe où, dans la première cafétéria venue. Tout pourvu que ses yeux conservent l'apparence d'une passion grandissante, pourvu qu'il éteigne cette lueur d'appréhension qu'exprimait à présent son visage.

Toute la soirée, il avait rêvé du moment où il pourrait être seul avec elle. Dans la voiture. À bord du jet. De longs moments où ils ne seraient que tous les deux avec un verre et des caresses. Avec des mots, des frôlements de lèvres et des promesses décadentes.

Maintenant, pourtant, il avait peur d'être l'esclave du désir, et en amenant Megan ici, il craignait de l'avoir poussée trop loin.

L'ironie, c'était qu'il n'avait jamais utilisé son argent pour séduire les femmes. Il ne les avait jamais fait monter dans son appartement-terrasse. Il ne les avait jamais emmenées vers des destinations exotiques. Il ne les avait jamais invitées dans sa Ferrari pour des virées shopping le samedi après-midi en ville, afin qu'elles remplissent leurs placards de bijoux et de vêtements de marque.

Lorsqu'il était plus jeune, il ne voulait pas dépenser un centime de l'argent de son père, pour lui-même ou pour quelqu'un d'autre. Et maintenant qu'il avait son propre argent, il ne l'utilisait que lorsque c'était important.

Ce soir, c'était important. *Elle* était importante.

Pourtant, il n'avait pas pris en compte l'hésitation de Megan. C'était une erreur qu'il n'aurait jamais commise en affaires, mais bon sang, il avait cette femme dans la peau. Il en faisait trop et il le savait. Mais d'une manière ou d'une autre, il ne pouvait pas se résoudre à reculer.

Il la voulait plus que tout. Et toute sa vie, Parker s'était ingénié à obtenir ce qu'il voulait.

Il n'avait pas l'intention de s'arrêter maintenant.

— Megan.

Il lui avait relâché la main après qu'ils furent sortis de la voiture, mais il la reprit. Elle l'évita, croisant les bras sur sa poitrine comme pour réprimer un frisson. C'était ridicule, en plein été, à Austin.

— Dis-moi ce que tu penses.

Il y eut une pause, mais elle répondit, les yeux toujours fixés sur le jet.

— Je pense que je ne m'attendais pas à un avion. Une voiture, bien sûr. Un taxi, peut-être.

Même une calèche au centre-ville. Mais, Parker, un avion ?

Elle se tourna pour lui faire face.

— Je ne suis pas sûre que je devrais…

— Est-ce que tu me fais confiance ?

— Quoi ? Je… ce n'est pas le sujet.

— Bien sûr que si. Tu essaies de décider s'il est sage de prendre l'avion avec un homme qui fait tous les efforts possibles pour te séduire.

Sa gorge tressauta lorsqu'elle déglutit.

— Peut-être.

Eh bien, c'était un progrès. Il sortit son téléphone.

— Je ne possède pas ce jet, déclara-t-il. Je le loue, c'est tout. Voilà le contrat, ajouta-t-il en lui montrant l'écran.

Il le lui transmit par texto.

— Envoie-le à Griffin. Envoie-le à tous tes amis. À Kasey à Los Angeles, si tu veux.

Elle écarquilla les yeux à ces mots.

— Tu te souviens de Kasey ?

— Ton amie, qui vivait dans ton immeuble. Elle est venue à quelques soirées avec toi.

— Eh bien, ça explique certainement beaucoup de choses.

Il secoua la tête sans comprendre.

— Ça explique comment tu es devenu un

homme d'affaires aussi vite. Tu as une mémoire vraiment impressionnante.

C'était vrai, pensa-t-il. Sa mémoire était exceptionnelle. Mais elle était surtout impressionnante quand il se concentrait sur les faits et les personnes qui comptaient à ses yeux.

— Le contrat contient toutes les informations sur l'avion et le pilote. Tu es nerveuse à l'idée de t'envoler et de quitter Austin, mais il ne faut pas.

Cette fois, il lui prit la main et elle le laissa faire.

— Tu peux me faire confiance, dit-il. Je te le promets.

— Je te fais confiance.

Ces mots simples le remplirent de joie, plus qu'il ne l'avait prévu.

— Seulement, je ne suis pas sûre de *me* faire confiance.

Il vit une ombre dans ses yeux et il fut convaincu qu'elle pensait à Carlton.

— Si, tu te fais confiance, souligna-t-il. C'est pour ça que tu es à Austin. C'est pour ça que tu es venue me parler du concours. C'est pour ça que tu ne sors pas avec Griffin, alors qu'il serait si facile de tomber dans ce genre de relation avec un ami.

— Je crois que tu confonds la confiance et la chance. Mais c'est gentil, ajouta-t-elle avant qu'il ne puisse protester.

Elle leva la tête pour se concentrer à nouveau sur l'avion, puis elle inspira profondément alors qu'il retenait son souffle, dans l'expectative.

— Tu vas me dire où nous allons ?

— Si tu veux.

— Non, fit-elle en lui serrant la main. Tu as raison. Je me fais confiance. Et je te fais confiance aussi.

Elle rencontra ses yeux, puis sourit.

— Attends qu'on soit en vol pour me le dire.

La destination surprise était La Nouvelle-Orléans, une ville où Megan n'avait jamais mis les pieds. Elle en fut ébahie quand il lui annonça que c'était seulement à une heure de vol et qu'ils allaient dîner au Commander's Palace avant de revenir dans le quartier français pour une soirée de jazz, de boissons et de danse.

Ébahie, certes, mais aussi troublée.

Parce que malgré l'électricité qui grésillait

entre eux, malgré le fait qu'ils étaient assis côte à côte sur la banquette en cuir moelleux depuis une bonne quinzaine de minutes maintenant, Parker n'avait fait aucun mouvement pour la séduire. Bon sang, il ne l'avait même pas touchée et, franchement, la sensation de son doigt quand il lui avait caressé la cuisse dans la voiture lui manquait déjà.

Tout son corps souffrait quand elle pensait au moment où il avait soulevé sa jupe, ses doigts se rapprochant de son sexe si doucement qu'il lui avait fallu toute sa volonté pour ne pas se tortiller et le supplier.

Sans parler de ces mots sensuels et prometteurs avec lesquels il l'avait charmée. Des mots qui l'avaient fait fondre, l'empêchant de parler pour laisser la place aux rêveries.

Or maintenant, alors qu'ils survolaient le Texas et la Louisiane, il était de marbre. Son manque d'attention commençait à lui donner des complexes. D'autant plus qu'elle s'était connectée au Wi-Fi de l'avion pour envoyer un texto à Griffin afin de savoir qui avait gagné le concours – Parker, bien sûr – et qu'il lui avait conseillé d'utiliser un préservatif, de dormir au moins un peu, et pour l'amour de Dieu, de ne pas mettre son cœur en jeu.

Ironique, car en ce moment ni son cœur ni ses horaires de sommeil n'étaient en danger, et un préservatif ne lui serait utile qu'à faire des animaux en ballons.

Elle avait mis fin à la conversation par textos en lui demandant de nourrir ses chats et ses poissons. Et puisque Parker lui avait fait penser à Kasey, elle avait envoyé un message à sa meilleure amie de Los Angeles, lui annonçant qu'elle se rendait actuellement à La Nouvelle-Orléans en compagnie Parker Manning, qu'elle le croie ou non.

Kasey, bien sûr, se douterait que le sexe était au menu. En fait de menu, ils n'en étaient même pas à l'apéritif, à vrai dire, ce qui poussa Megan à se redresser et à passer à l'action.

En plus du fait qu'elle venait de terminer son deuxième verre de vin et que son audace se trouvait renforcée par l'alcool.

— Je dois dire, fit-elle en se tournant vers lui, que ce n'est pas du tout ce à quoi je m'attendais.

— Ah bon ?

Son expression était innocente, mais elle crut voir de la chaleur derrière sa façade stoïque. De la chaleur et un certain amusement. Comme s'ils étaient l'objet d'une plaisanterie cosmique qu'elle était la seule à ne pas saisir. Une possibilité qui, franchement, ne faisait qu'ajouter à sa frustration.

— Non, insista-t-elle avec détermination. Dès l'instant où je suis entrée dans ton bureau, toutes sortes de paroles sensuelles se sont déversées de ta bouche comme du miel. Je veux dire, honnêtement, tu pourrais figurer au Panthéon des discours coquins. Mais c'est tout ce que je reçois ? De belles paroles ? Tu sais ce qu'on dit, ceux qui en parlent le plus en font le moins.

Ses lèvres frémirent aux commissures et la chaleur se propagea jusqu'à ses yeux.

— Tu pensais que je te toucherais, c'est ça ? Que je te déshabillerais lentement, puis que je te taquinerais sans pitié avec ma langue ? Que je t'embrasserais jusqu'à ce que tu sois essoufflée, mouillée et prête à t'offrir ? Que je t'étirerais avec mes doigts, puis que je m'enfoncerais en toi et te monterais sauvagement jusqu'à ce que tu implores ma pitié ? C'est ce que tu pensais, Megan ?

Son souffle s'accélérait à chaque mot et ses jambes faiblissaient.

— C'est de ça que je parle, dit-elle enfin.

Sa bouche était sèche, mais son sexe, remarqua-t-elle, ne l'était pas du tout. Plus maintenant.

— Que des paroles, aucune action. Ça suffit.

Elle vit ses yeux s'écarquiller et entendit sa respiration haletante alors qu'elle s'approchait de lui, puis se mettait à califourchon sur ses genoux. Sa jupe s'écarta dans le mouvement et son érection rigide se pressa fermement contre son sexe, séparée seulement par son jean et sa culotte.

Son excitation s'embrasa. C'était bel et bien ce qu'il voulait, elle en était certaine. Elle se donnait à lui, capitulait comme il l'avait dit dans son bureau. Maintenant, elle était là, ouverte et prête, offerte. Elle voulait la concrétisation décadente de ses paroles, que ses mots follement érotiques prennent vie.

Un sentiment de victoire l'étreignit. Il avait employé cette séduction verbale pour la rendre moite d'envie. Mais le jeu était à ses dépens. Il lui avait promis un plaisir qu'elle ne pouvait pas imaginer et lui avait assuré qu'elle implorerait sa miséricorde. Il n'avait pas caché non plus qu'il voulait sa soumission et elle la lui donnait.

Elle se mit à onduler des hanches, se frottant contre lui, certaine d'être sur le point de gagner en voyant ses yeux s'endurcir d'une envie qui exigeait une réaction rapide et des baisers fougueux.

— Megan. Oh, mon Dieu, Megan.

— Oui, murmura-t-elle en se pressant contre lui.

Ses hanches bougeaient de sorte que son érection caressait son sexe et taquinait son clitoris. Aussitôt, toutes les pensées s'évaporèrent dans sa tête, ne laissant qu'une envie sauvage et violente. Elle était dépravée. Humide. Éperdue.

Plus que ça, elle était déterminée. Elle attrapa sa braguette.

Il voulait qu'elle se rende, et maintenant, bon sang, elle était à lui. Il lui avait promis un plaisir si intense qu'il la ferait crier, et c'était aussi son désir. Elle était déjà allée très loin avec lui, il était temps pour Parker de l'emmener jusqu'au bout.

Au cas où il serait passé à côté de ce qu'elle sous-entendait, elle entreprit de baisser sa fermeture éclair, mais il lui saisit les mains dans une poigne à la fois douce et ferme.

Enfin. Elle s'autorisa un petit sourire, certaine qu'ils y étaient. Maintenant, il allait prendre ce qu'il voulait.

Mais il se contenta de dire :

— Plus tard.

Et ce simple mot brisa son âme.

Elle le regarda, sans voix.

— Pas maintenant, murmura-t-il. Pas comme ça.

— Pas comme ça ? se récria-t-elle, troublée au plus haut point. Pas comme quoi ? Tu me séduis dans un avion, puis tu me rejettes ? À quel genre de jeu est-ce que tu joues ?

Elle s'écarta, mortifiée d'avoir commis une terrible erreur. Que Parker soit encore plus tordu que Carlton et que maintenant, elle soit piégée dans les airs, à sa merci.

C'était pourtant là où tu voulais être il y a quelques minutes, tu te souviens ?

Elle tituba dans l'allée jusqu'à un siège à l'écart, puis ferma les yeux, remonta ses genoux et les serra contre sa poitrine. Elle était saisie de honte et ses joues étaient brûlantes. Elle s'était ouverte à lui. Elle s'était autorisée à le vouloir à son tour. Et lui, il l'avait repoussée.

— Espèce de salaud, chuchota-t-elle, ses yeux cuisants de larmes lorsqu'elle les ouvrit pour le regarder.

Mais elle était déterminée à ne pas pleurer.

— Megan, je suis désolé. Tu ne comprends

pas. En ce moment, je ne désire rien de plus que d'arracher ta culotte et que tu me chevauches jusqu'à La Nouvelle-Orléans. Mais on ne peut pas. Pas encore. Si nous perdons tous les deux le contrôle, alors...

— Tais-toi, murmura-t-elle, les joues baignées de larmes, alors que l'avion amorçait sa descente. Tais-toi et ramène-moi à la maison.

SEPT

Parker gardait un contrôle strict sur lui-même, et pourtant ce n'était pas l'envie qui lui manquait de s'énerver – pas contre elle, mais contre lui-même. Il avait merdé, et ce faisant, l'avait blessée. L'ironie, c'était qu'il avait organisé ce voyage dans le but précis de lui faire savoir combien il la désirait.

— Je ne peux pas te ramener à la maison maintenant, dit-il, s'efforçant de contenir sa frustration. Il est trop tard pour que l'avion décolle. Mais si tu veux toujours partir demain matin, on peut être prêts à huit heures.

— D'accord. On fait comme ça.

L'avion était maintenant dans le hangar. Elle se dirigea vers la porte de sortie, qui s'était ouverte sans attendre, puis descendit les escaliers. Au moment où il la rattrapait devant leur voiture de location, le chauffeur avait déjà ouvert la portière arrière et elle s'était engouffrée dans la Lincoln noire rutilante.

Lorsqu'il la rejoignit, elle glissa jusqu'au bout de la banquette pour ouvrir la portière opposée et sortir.

— Je pense que je vais m'asseoir devant.

— Non, dit-il, pressant sa cuisse dans sa main pour la calmer.

Elle regarda sa main, puis son visage, les yeux froids.

— Reste, ordonna-t-il d'une voix qui ne permettait aucune objection.

Il la vit déglutir, puis la regarda attacher sa ceinture de sécurité et se pencher en arrière, les bras croisés sur sa poitrine comme pour se protéger. *De lui.*

Lentement, il prit trois inspirations, essayant de tempérer ses émotions et de calmer son esprit.

— Je suppose que nous allons directement à l'hôtel ? Je n'ai vraiment pas envie d'un dîner ou de jazz.

— Le Ritz-Carlton, annonça-t-il au chauffeur, qui porta une main à sa casquette dans un salut silencieux, puis quitta le hangar en direction du centre-ville.

Ils roulèrent en silence, et ce ne fut que lorsque des kilomètres les séparèrent enfin de l'aéroport qu'il déclara :

— J'avais dix-neuf ans quand j'ai tourné le dos à l'argent de mon père.

Elle continua à regarder droit devant, mais sa posture changea presque imperceptiblement, et Parker espéra que cela signifiait qu'elle écoutait.

— Ma belle-sœur avait demandé une ordonnance restrictive contre mon frère. Il se trouve qu'il la battait.

À présent, elle se tournait vers lui, puis inspirait en baissant les yeux sur ses mains jointes sur ses genoux.

— Ma sœur aussi était mariée à un homme comme ton frère, dit-elle. La voir souffrir et trouver des excuses, c'était comme…

Elle s'interrompit en secouant la tête, puis leva les yeux vers lui.

— J'ai juré de ne jamais accepter ça dans ma vie. Parce que ça dégénère. Ça dégénère toujours. Dès le premier signe de problèmes, j'arrête tout.

Il hocha la tête, se demandant si elle l'avait

placé dans la catégorie des *problèmes*. Il espérait que non.

— C'est une bonne politique. Mais ce n'est pas ce qu'a fait ta sœur, je suppose.

Elle secoua la tête.

— Non. Elle s'en est sortie, mais elle est restée trop longtemps. Elle... Ce n'est plus la même femme qu'avant. Elle est trop à vif maintenant. Et elle a beaucoup de cicatrices, invisibles, mais bien présentes.

Il voyait très bien le genre de cicatrices dont elle voulait parler.

— Qu'est-il arrivé à ta belle-sœur ? demanda-t-elle. Elle est tirée d'affaire ?

— Elle a demandé le divorce et elle a porté plainte. Agression. Voie de fait. Viol. Le pouvoir de ma famille et l'argent... Disons que mon père aurait pu financer un millier d'avocats de la défense sans même entamer la fortune familiale. Mon père est peut-être un con, mais il est brillant.

— De la défense, répéta-t-elle. Tu dis que ton père a financé la défense de ton frère. Même s'il avait agressé et violé sa femme ? À moins qu'elle ait tout inventé pour obtenir un accord en sa faveur ?

— Je l'ai vue à l'hôpital.

Il ferma les yeux pour chasser cet horrible souvenir.

— Elle ne faisait pas semblant.

— Ton père ne le voyait pas ? Il a refusé de croire que son fils puisse faire ça ?

— Oh si, il le croyait. Seulement, il ne fallait pas qu'une affaire aussi sordide vienne souiller le nom de notre famille. Après tout, cette petite traînée s'en prenait à nous. Alors, nous devions la détruire.

Elle s'humecta les lèvres.

— Nous ?

— C'était ce que mon père affirmait. La famille devait rester solidaire. Ma mère, ma sœur, moi. Mon frère avait toujours été un connard violent, mais il avait le nom de famille Manning. Alors, circulez, il n'y a rien à voir...

— Qu'est-il arrivé ?

— Mon frère s'en est sorti sans même une claque sur la main. Ma belle-sœur a obtenu son divorce, mais pas un seul centime. Je suis sûr que ça lui convenait, tant qu'elle était libre. Ma mère s'est enfoncée plus profondément dans sa coquille et ma sœur aînée et moi avons rompu les liens avec la famille. Définitivement.

— Mais...

Elle s'interrompit et il put pratiquement voir les questions tournoyer dans son esprit.

— Mais tout le monde dit que tu as utilisé ta fortune familiale pour te lancer. C'est ainsi que PCM Enterprises a été financé.

— *Non.*

Ce mot était plus tranchant qu'il ne le voulait, mais il avait travaillé dur pour faire de ce rêve une réalité, et bien qu'il puisse accepter que le grand public se trompe, il tenait à ce que Megan comprenne la vérité.

— J'ai hérité de l'argent de mon grand-père. La plupart des gens diraient que c'est beaucoup, mais pour ma famille, c'était une bouchée de pain. Enfin, c'est tout ce que j'ai emporté avec moi. Cet argent, mes vêtements et quelques livres.

— Quand tu as déménagé à Los Angeles ?

Elle écoutait attentivement maintenant. Il essaya de ne pas montrer combien il espérait qu'ils avaient surmonté le barrage que son comportement idiot avait placé en travers de leur chemin.

— J'ai étudié à l'Université de Los Angeles, et pendant ce temps, j'ai assez bien investi.

C'était un euphémisme. Il avait quadruplé sa mise lorsqu'il avait vendu ses parts dans une entreprise de biotechnologie, puis il avait réitéré l'exploit quelques années plus tard, après sa sortie de la fac.

Après quoi, il avait investi une partie de son argent de façon plus sécurisée, en utilisant la majorité pour faire décoller PCM Enterprises. Au départ, il était basé à Los Angeles, mais il avait perdu ses illusions quant aux riches et aux puissants qu'il fréquentait, et il avait décidé de revenir au Texas. Pas à Houston, où ses parents vivaient encore, mais à Austin, qu'il connaissait pour y avoir étudié dans un pensionnat privé.

— Le reste, conclut-il après lui avoir tout raconté, appartient à l'histoire.

Ils roulèrent en silence pendant un moment. Les pensées tourbillonnaient dans la tête de Parker. Les souvenirs d'une époque pas si lointaine où il vivait encore à Los Angeles, quand il s'était éloigné de ces types dans le genre de Carlton – même si leurs chemins s'étaient encore croisés à plusieurs reprises, et plus souvent qu'il ne l'aurait voulu, parce que Carlton était inexorablement attiré par l'argent et le pouvoir. Il en était suffisamment pourvu pour être dangereux, mais pas assez pour véritablement comprendre.

À l'époque, Parker appréciait toujours les

avantages que lui offraient ses finances, sans prendre conscience que c'était ce qui l'asphyxiait, la raison pour laquelle il se sentait si étouffé. En fait, il vivait dans le vide. Et rien ne survit dans ces conditions.

Avec le recul, Parker méprisait l'homme qu'il avait été à Los Angeles, au moins pendant ces premières années. Megan l'avait connu à ce moment-là. Enfin, elle l'avait croisé. Et ça le dérangeait qu'elle se souvienne sûrement du Parker du passé, celui qui aurait avancé comme un rouleau compresseur sans se soucier de ses véritables désirs, qui consommait les femmes et l'argent comme des bonbons... Elle rencontrait seulement maintenant le Parker qu'il avait travaillé si dur pour devenir.

Il voulait dire quelque chose, lui expliquer combien il avait changé. Mais ils étaient arrivés et la berline s'arrêtait. Avant que le voiturier ne puisse ouvrir la portière, il lui prit la main et il fut soulagé qu'elle ne la retire pas.

Il n'avait pas encore expliqué pourquoi il l'avait rejetée dans l'avion. Mais peut-être, du moins il l'espérait, entrevoyait-elle son retour en grâce.

HUIT

Comme ils n'avaient pas de sacs, il était facile de passer directement de la voiture au vaste hall d'entrée. Personne ne leur prêta attention, bien sûr, mais Megan avait toujours l'impression que tous les yeux étaient sur eux. Après tout, ils étaient arrivés dans un hôtel sans bagages. Ce qui ne pouvait signifier qu'une chose.

Ou du moins, quand ils avaient quitté Austin, elle avait supposé que cela ne signifierait qu'une chose. Maintenant, elle n'en était pas sûre. Il lui avait révélé une partie de son histoire dans la voiture, et elle savait que, d'une manière ou d'une autre, cela menait à une explication de ce qui s'était passé, la raison pour laquelle il l'avait repoussée alors qu'il était clair qu'ils se désiraient mutuellement.

Mais ça ne changeait rien au fait que son ego était toujours meurtri.

Alors qu'elle restait près de l'immense ornement floral, Parker se rendit à la réception pour l'enregistrement. Cela ne prit qu'une minute – il était passé à un bureau VIP qui avait l'avantage, apparemment, de tout régler à la vitesse de l'éclair. Il fut de retour à ses côtés avant que ses nerfs en pelote n'aient le temps de se calmer.

— Je ne sais pas pour toi, dit-il, mais j'ai bien envie d'un verre.

De la tête, il désigna le bar de l'hôtel.

— On y va ?

Il avait commencé à marcher dans cette direction, mais elle le tira en arrière par l'ourlet de son t-shirt du *Fix*, qu'il portait encore.

— Oublie ça, cow-boy. J'ai besoin de réponses. D'abord, tu me séduis pratiquement en même temps que tu me fais la morale dans ton bureau et tu ponctues cette rencontre en me disant que tu me désires. Puis quand je pars avec cette idée en tête, prête à m'envoyer en l'air dans un avion, tu m'arrêtes. Même si je comprends qu'il y a une raison cachée à cette histoire, comme le fait que tu me racontes ta vie, je ne l'ai pas encore vraiment comprise.

Elle avait commencé son discours à voix basse, mais l'émotion avait fait monter sa voix, et elle se rendit compte qu'ils attiraient quelques regards curieux.

Elle s'approcha et reprit en chuchotant :

— Épargne-moi la version longue, d'accord ? Je sais que c'est de la triche, mais je veux sauter directement à la fin du mystère. Alors, dis-moi simplement le résultat final. Parce que, merde, Parker, je me suis jetée sur toi et maintenant mon ego a désespérément besoin d'une poche de glace et d'une aspirine.

Il lui sourit et elle s'en réjouit, car la conversation était devenue un peu trop intense dans la voiture. Elle voulait vraiment le comprendre. Plus elle passait de temps avec lui, plus elle voulait savoir comment il fonctionnait, cet homme qui avait tourné le dos à une fortune pour en construire une autre selon ses propres conditions.

Mais pour l'instant, ce n'étaient pas ses antécédents qui l'intéressaient. C'était sa libido. Parce qu'il avait beau déclarer un temps mort, maintenant que sa fureur s'était calmée, elle sentait son désir remonter en flèche et elle était prête à se lancer.

— Dis-moi la vérité, Parker. Tu pensais ce que tu as dit ? Tu as envie de moi, oui ou non ?

Il recula d'un pas, puis leva la main vers les cheveux de Megan, passant les longues mèches entre ses doigts.

— Est-ce que j'ai envie de toi ?

Sa voix était tendue, presque douloureuse.

— Bon Dieu, oui. J'ai désespérément envie de toi. Depuis très longtemps, en fait. Mais pas comme ça.

— Comme ça ? répéta-t-elle, troublée. C'est-à-dire ?

— Pas comme une exigence. Et certainement pas comme une contrepartie.

Maintenant, elle était encore plus perdue.

— Mais c'était le marché. C'est ce que nous avons convenu, là-bas, dans ton bureau. Une petite aventure entre adultes consentants, non ?

— C'est une façon de le dire, répondit-il en riant.

Il désigna les ascenseurs d'un mouvement de tête.

— Je pense qu'on devrait continuer cette discussion à l'étage.

Elle le suivit sans l'interroger, son esprit toujours en ébullition.

— D'accord. Une autre question, reprit-elle alors qu'ils étaient seuls dans l'ascenseur. Parce que je suis vraiment perdue, là, et je n'ai absolument aucune idée de ce que tu veux.

— Comme je l'ai toujours dit. C'est toi que je veux, Megan. Mais je ne veux pas d'une baise rapide.

Il tendit la main pour lui caresser doucement la joue. Ce contact lui brûla la peau et elle expira en tremblant.

— J'ai eu beaucoup de femmes au fil des ans, mais plus maintenant. Ce que je t'ai dit sur la reconstruction de ma réputation, je le pensais. Je ne baise plus. Et je ne ferai pas de jeux pour voir combien de femmes je peux mettre dans mon lit.

Elle haussa les sourcils.

— Tu l'as déjà fait ?

— Un jeu, non. Mais certains de mes amis l'ont fait.

Un sourire d'autodérision se dessina sur ses lèvres.

— Moi, j'étais plutôt un collectionneur. Je sortais avec de belles femmes et il y avait de l'attirance. Mais je ne me suis jamais ouvert. Pour la plupart, c'était parce que je ne voulais pas.

Il rencontra ses yeux, puis détourna la tête alors que l'atmosphère devenait chargée. Le désir la parcourut jusqu'au bout des orteils.

— J'ai envie de m'ouvrir maintenant, Megan.

Elle en avait le tournis.

— Je...

Il la coupa en posant tendrement le doigt sur ses lèvres.

— Pendant des années, on m'a donné tout ce que je voulais. Quand je me suis éloigné de l'argent de ma famille, je me suis rendu compte que les seules choses que j'appréciais étaient celles pour lesquelles j'avais travaillé. Ou les gens qui m'appréciaient aussi à ma juste valeur.

— Es-tu en train de dire que j'ai de la valeur pour toi ?

— À ton avis ?

Derrière elle, les portes de l'ascenseur coulissèrent. Il lui prit le bras, puis la fit sortir.

— Je ne sais pas, dit-elle.

Elle comprenait qu'il voulait coucher avec elle, mais elle n'aurait jamais cru attirer l'attention de quelqu'un comme Parker. Non seulement riche, mais talentueux et ambitieux. Elle n'était qu'une maquilleuse qui se démenait pour garder la tête hors de l'eau.

Ils marchèrent en silence pendant un moment jusqu'à leur chambre. Il ouvrit la porte et ils entrèrent dans le salon d'une superbe suite, avec des pièces de chaque côté.

Elle resta immobile, sans s'intéresser à la chambre, les yeux rivés sur lui.

— Je ne sais vraiment pas, répéta-t-elle.

— Alors, laisse-moi répondre à ta question. Tu as de la valeur à mes yeux, Megan. Une grande valeur.

Elle pencha la tête pour mieux voir son visage, essayant de discerner si c'était la vérité ou une réplique en l'air. Pourtant, elle ne vit que la sincérité dans son regard. Et il n'y avait rien d'évasif dans sa voix.

— Pourquoi ?

— Peut-être parce que je pense que tu pourrais comprendre ce que j'ai accompli. Ce que j'essaie encore d'accomplir.

Elle secoua la tête.

— Je ne vois pas ce que tu veux dire.

— Eh bien, regarde ce que tu as fait. Tu as quitté un emploi chez Sephora dans un centre commercial d'Oklahoma City à vingt et un ans et tu es partie seule à Los Angeles avec un rêve et un peu d'argent en poche.

— Comment as-tu...

— Tu as occupé trois emplois en parallèle de tes études en licence de cosmétologie, puis tu as commandé des cartes de visite et tu as entrepris d'en offrir une à presque toutes les personnes que tu rencontrais. Ton entreprise a progressé lentement, mais elle a grandi, et à vingt-six ans, tu avais une solide carrière et tu travaillais avec des photographes de portrait et des célébrités avant le tapis rouge.

Elle referma ses bras autour de son buste. Chacune de ses révélations lui pesait un peu plus. Elle songea à Carlton et à sa fixation sur elle.

— Comment sais-tu tout ça ?

Son sourire semblait tout à fait innocent.

— Je recueille des informations, Megan. Dans les affaires, c'est mon arme secrète.

— Les affaires, répéta-t-elle. Tu parles du concours ?

— Je voulais avoir une idée plus précise de toi. Et je connais certains de tes clients. Ils sont tous assez bavards. J'ai demandé, ils ont parlé.

Elle hocha la tête, un peu tranquillisée. Après le fiasco du flyer, elle pouvait comprendre qu'il ait voulu savoir qui avait foiré et placardé sa photo dans la ville.

— Je me suis fait une idée plutôt bonne de ton cheminement de carrière, déclara Parker. Et ce que tu as construit, ce n'est pas rien.

— Oui, eh bien, je n'ai plus grand-chose maintenant.

Immédiatement, elle regretta ces mots. Elle ne lui avait pas dit pourquoi elle avait fui Los Angeles et elle ne lui avait pas demandé de ne pas dire à Carlton où elle était. Mais maintenant, il allait probablement demander pourquoi elle était partie et elle n'avait aucune envie d'aborder le sujet.

Pourtant, il se contenta de dire :

— Ce n'est pas pour rien qu'on appelle ça un nouveau départ, ma belle. Tu te referas un nom. Après tout, tu sais déjà que tu en es capable. Et gagner la confiance, c'est la partie la plus difficile.

Elle le regarda en essayant de discerner s'il savait pourquoi elle souhaitait ce nouveau départ. Elle ne pouvait pas le lui dire, mais au moins il semblait respecter cela. Ce qui signifiait qu'il n'allait pas s'empresser d'annoncer à tout Los Angeles où s'était envolée Megan Carter, disparue des radars.

Néanmoins, elle devrait sans doute lui faire savoir qu'elle faisait profil bas et lui demander de ne rien publier sur les réseaux sociaux. Pour plus de sûreté.

Après tout, cette voiture noire en bas de chez elle l'avait rendue nerveuse. Ce serait encore pire si elle soupçonnait Carlton de savoir où la trouver. À supposer qu'il se soucie encore d'elle. Il ne semblait pas l'avoir recherchée. Ça faisait des mois maintenant, il était sûrement passé à autre chose.

— Il est tard, Megan, dit-il avant qu'elle puisse rassembler ses pensées éparses. Et je suis fatigué. Mais voici l'essentiel. Je ne suis pas intéressé par une baise rapide. Je ne fais plus ça. Je ne te propose pas non plus le mariage. Bon sang, je ne te demande même pas de sortir avec moi. Tout ce que je dis, c'est que j'ai envie de toi pour plus d'une nuit. Tu me fascines, Megan. Ça a toujours été le cas. Tu allumes un feu en moi, et si je ne me trompe pas, je pense que je te fais de l'effet, moi aussi.

Il passa ses doigts dans ses cheveux, dans un geste séducteur qui exprimait pourtant une profonde lassitude.

— Si je n'ai pas été clair, je suis désolé. Mais

ça valait le coup de passer du temps avec toi. Je te ramènerai à Austin dès le matin.

Il tendit la main pour prendre la sienne, puis la souleva et déposa un doux baiser dans sa paume.

— Ta chambre est là-bas. Bonne nuit, Megan. Je suis sûr que je te verrai dans mes rêves.

NEUF

Inutile de dire que Megan ne pouvait pas trouver le sommeil.

Elle apparaîtrait dans *ses* rêves ?

Seigneur, que pouvait-elle dire ? Megan n'avait même pas besoin de fermer les yeux pour que Parker Manning envahisse sa tête.

Était-il allongé dans son lit, profondément endormi, pendant qu'elle tournait et se retournait dans un nœud inextricable de désir sensuel et de besoins insatisfaits ?

Ou bien était-il, comme elle, perdu dans ses fantasmes ? Envisageait-il de venir à sa porte et de tourner lentement la poignée ? Fermait-il les yeux pour imaginer sa réaction s'il la touchait dans le noir et lui caressait doucement l'épaule avant de s'asseoir sur le bord du lit et de tirer le drap pour révéler ses seins nus, ses mamelons durcis par le désir ?

Elle soupira, incapable d'ignorer la pulsation chaude et insistante qui faisait vibrer tout son corps en réaction à ses pensées décadentes. Comme ils étaient venus sans bagages, elle était nue sous le drap, et le coton frais procurait une sensation incroyable sur sa peau surchauffée.

Je veux que tu me désires.

Était-ce ce qu'il avait dit ? Parce que, Seigneur, elle le désirait tellement !

Pas une baise rapide. Pas un coup d'un soir.

Son estomac eut un soubresaut. Elle se débrouillait bien, toute seule, à Austin. Elle avait des amis. Une belle vie. Et elle n'avait pas à s'inquiéter d'un petit ami possessif, malsain et inquiétant.

Mais quand même...

Elle ne pouvait nier que Parker s'était infiltré sous sa peau. D'ailleurs, il l'intriguait déjà à Los Angeles. Maintenant, ils vivaient tous les deux au Texas, et Parker Manning était encore plus convaincant. Elle avait du mal à oublier les demandes passionnées de Parker et les descriptions sensuelles de tout ce qu'il avait l'intention de lui faire.

Alors, voilà. Elle le désirait.

Et, c'était évident, il la désirait aussi.

Ce qui posait une seule question, à savoir pourquoi elle était dans cette chambre et lui dans l'autre alors que le but de ce voyage était avant tout sexuel. Un tête-à-tête ardent, brûlant et intense avec *Parker*.

Elle se redressa avec cette seule pensée en tête, obsédante comme un néon clignotant.

Parker.

C'était sa réponse, n'est-ce pas ? Comme Parker l'avait dit, ce n'était pas seulement le sexe qui l'intéressait. Non, elle avait envie de l'homme avec qui elle avait ri. L'homme dont la carrière et l'histoire l'avaient intriguée. Certes, ses paroles crues l'avaient excitée, mais il était aussi conscient du travail qu'elle avait accompli et compris les sacrifices qu'elle avait consentis.

Il la désirait telle qu'elle était vraiment.

Alors, oui, elle allait le rejoindre.

Heureusement, elle trouva un peignoir de l'hôtel dans son placard. Elle n'eut pas à s'envelopper dans un drap comme une momie égyptienne. Au lieu de ça, elle se blottit dans le tissu éponge de style spa, puis elle s'aventura pieds nus dans le salon. Les lumières étaient éteintes. Une seule lampe allumée près du mini-bar l'aidait à se diriger vers sa porte.

Sa chambre était plongée dans l'obscurité, à en juger par l'absence de lumière sous sa porte.

Il dormait probablement. Dans ce cas, elle ne devrait pas le réveiller. Parce que cela signifiait qu'il n'était pas sur la même longueur d'onde, qu'il ne tournait pas, ne se retournait pas en nourrissant toutes sortes de mauvaises pensées.

Mais *s'il* était réveillé… s'il était simplement allongé là dans le noir…

Avant qu'elle ne puisse changer d'avis, elle se précipita vers la poignée, la tourna et ouvrit la porte.

— *Megan.*

Chaque muscle de son corps se détendit au son de sa voix, chargé d'un désir si familier qu'il semblait la consumer tout entière.

— Tu le pensais ? murmura-t-elle, immobile dans l'embrasure. Ou tu as dit ça comme ça, pour te donner le beau rôle ?

— Ce n'étaient pas des paroles en l'air, dit-il en se redressant dans son lit, son visage et son torse éclairés par la faible lueur qui lui parvenait depuis le salon. Mais si tu me demandes si j'ai envie de toi, alors la réponse est oui. Je suis dur comme l'acier en pensant que tu es dans l'autre chambre. Je te jure que j'allais perdre la tête en sachant que je ne pouvais rien y faire.

Elle s'appuya contre la porte, amusée.

— Je suis presque sûre qu'il y a bien quelque chose que tu aurais pu faire.

— Peut-être, acquiesça-t-il. Mais pourquoi voler en solo quand je peux avoir un copilote ?

Il se leva et le drap tomba. Elle inspira, hypnotisée par le jeu d'ombres et de lumière sur son érection dure comme le roc et les muscles fermes de son corps.

— S'il te plaît, dit-elle sans trop savoir ce qu'elle demandait.

En fait, elle avait envie d'absolument tout, elle avait *besoin* de tout.

Ses yeux la parcoururent lentement, dans une inspection si intense qu'elle les sentit brûler à travers son peignoir, laissant sa peau embrasée dans leur sillage.

— Enlève-le, demanda-t-il.

C'était un ordre et elle ne risquait pas de lui désobéir. Elle laissa tomber le peignoir et entendit son soupir approbateur alors qu'il s'approchait d'elle.

— Bon Dieu, tu es magnifique.

Il n'était plus qu'à quelques centimètres et son parfum l'enveloppait, la rendant encore plus humide. Son corps était en feu, chaque cellule prête à se laisser toucher. Quand il tendit la main pour effleurer du doigt la courbe de sa poitrine, elle se cambra avec un gémissement incontrôlable.

— Tellement réactive. Bébé, tu es incroyable.

— Parker.

— Dis-moi ce que tu veux.

Sa voix était douce, aussi intime qu'une caresse.

— Pourquoi es-tu venue ici, nue en pleine nuit ?

— J'ai envie de toi.

Elle voulait être honnête et c'était la pure vérité.

— Tu m'as tant promis, mais la seule chose que je veux vraiment, c'est te sentir en moi.

Elle entrevit une ébauche de sourire alors qu'il effleurait du doigt l'arrondi de son sein avant de continuer à descendre. Elle se mordit la lèvre quand il dessina le contour de son nombril. Puis de plus en plus bas, jusqu'à frotter son clitoris. Elle haleta et prit une inspiration quand son doigt s'enfonça profondément en elle.

— C'est comme ça que tu me veux ?

Ses hanches bougèrent de leur propre initiative et elle se plaqua contre lui.

— Oui. Non, je veux tout.

— Oh, bébé, dit-il. Moi aussi.

Pendant une seconde, il croisa son regard et elle faillit s'effondrer, terrassée par l'intensité de la passion qu'elle voyait dans ses yeux.

— Je veux te goûter, là maintenant.

Un frisson la parcourut alors qu'il se rapprochait, puis passait les doigts dans ses cheveux pour la retenir. Il l'embrassa, réclamant sa bouche avec fougue. C'était le genre de baiser qui emportait la raison et enflammait la passion, qui se répercutait dans tout son corps.

Elle ne voulait pas que ça s'arrête, mais quand il recula, ce fut pour continuer à lui faire des choses tellement incroyables avec ses lèvres et sa langue qu'elle ne pouvait pas émettre la moindre protestation. Il lui mordilla le cou, décuplant son désir, puis sa bouche s'aventura le long de sa clavicule fine, puis jusqu'à sa poitrine.

Le bout de sa langue taquina son téton, mais ce fut quand il y referma la bouche pour le sucer avidement qu'elle faillit perdre la tête. Elle s'accrochait fermement à lui, les mains sur ses épaules, le serrant si fort qu'elle fut persuadée de laisser des ecchymoses sous ses doigts.

Il recula et son mamelon s'échappa de ses lèvres. La sensation d'air frais sur sa peau humide la fit trembler avec une envie accrue.

— Tu aimes ça, dit-il.

Comme ce n'était pas une question, elle ne répondit pas. Les mots étaient trop difficiles à formuler à ce moment-là.

— Voyons si tu aimes ça aussi.

Lentement, il se mit à genoux, puis utilisa une main pour la maintenir en place tandis que l'autre écartait doucement ses jambes. Elle gémit, mais obéit, puis étouffa un cri lorsqu'il avança la tête et que sa langue plongea, explorant ses replis intimes, s'en délectant, tout en excitant son clitoris.

Elle referma les doigts dans ses cheveux, comme pour s'ancrer à lui. Ses jambes semblaient lui faire défaut en cet instant. Elle garda les yeux fermés jusqu'à ce qu'elle soit certaine de pouvoir contrôler les vagues de plaisir qui la traversaient. Mais quand il accentua son attaque sensuelle en enfonçant un doigt au plus profond de son corps, découvrant ses points les plus sensibles, elle lâcha un gémissement, dans une inflexion de voix qu'elle ne savait même pas pouvoir produire. Et lorsque sa langue toucha cet endroit précis de son anatomie, il s'en fallut de peu qu'elle ne tombe à la renverse. Heureusement qu'il était là pour la serrer fermement.

Pendant ce qui sembla durer une éternité, le plaisir la submergea, étourdissant. Elle en avait plus envie que jamais.

— À mon tour, dit-elle alors que le monde retrouva sa forme initiale et qu'elle fut à nouveau capable d'exprimer une pensée cohérente.

Avant qu'il ne puisse lui demander ce qu'elle voulait dire, elle tomba à genoux.

— Oh, non, mon ange, dit-il en la soulevant. J'aime cette idée, mais continuons au lit.

Une fois qu'ils furent allongés, elle le chevaucha et le prit dans sa bouche. Son sexe devint encore plus dur sous ses coups de langue. Ses gémissements graves étaient aussi excitants que ses caresses.

Elle ne voulait pas s'arrêter. Il était tout proche. Mais il enfouit sa main dans ses cheveux et l'attira à lui. Leurs regards se rencontrèrent, et pendant un instant, elle crut voir l'avenir se refléter dans ses yeux magnifiques. Elle était ridicule, bien sûr, mais cette pensée ne lui faisait pas peur. Rien chez Parker ne lui faisait peur.

— C'est bien réel ? murmura-t-elle.

Ce ne fut que lorsque ses mots eurent franchi ses lèvres qu'elle prit conscience qu'elle avait parlé à haute voix.

— Aussi réel que possible.

Il déposa un baiser sur sa bouche.

— Et demain ? Quand on reviendra à Austin ?

— Tu me demandes si c'est juste pour ce soir ? Si j'aime emmener des copines à La Nouvelle-Orléans et leur faire passer un bon moment dans mon hôtel préféré ?

Ses joues brûlaient.

— S'il te plaît, ne joue pas avec moi. Pas comme ça.

— Oh, bébé, fit-il en lui caressant la joue. Non, je ne devrais pas. Pour te répondre, non, ce n'est pas que pour un soir. En tout cas, pas si tu me demandes mon avis. Et non, je n'ai pas pour habitude d'emmener les filles en voyage.

— Vraiment ?

Son baiser était léger comme une plume.

— Vraiment.

Elle passa la langue sur ses lèvres. Ses mots doux s'accrochaient à elle, ajoutant une nouvelle dimension à la chaleur qui coulait dans ses veines.

— Ce que tu m'as dit, dans ton bureau, fit-elle. Est-ce que tu veux... enfin, je veux dire, est-ce que tu vas me faire connaître tout ça ?

Elle avait les joues en feu, mais elle ne regrettait pas ses propos. Elle voulait faire l'expérience de ce qu'il lui avait promis, vivre cet assaut des sens.

Il pencha la tête, inspectant son corps nu. Sous son regard, son expression changea. Il était toujours excité, toujours embrasé du feu de la passion, mais il y avait autre chose aussi. Quelque chose de possessif. Le contrôle. Pour la première fois, elle comprit ce qu'il voulait dire quand il avait exigé sa soumission.

— Bon, dit-il enfin, propageant un frisson dans son corps. À quatre pattes. Tournée vers la tête de lit.

Une envie impatiente la traversa, contractant son bas-ventre et gonflant sa poitrine. Quand il s'éloigna pour revenir quelques instants après avec sa ceinture, elle se mordit la lèvre inférieure en se demandant ce qu'il avait l'intention d'en faire.

— Penche-toi en avant sur les coudes, ordonna-t-il. Poignets joints.

Elle obéit et, à l'aide de la ceinture, il encercla ses poignets puis l'attacha aux lattes de la tête de lit.

— J'aurais bien aimé t'attacher les jambes aussi, lui dit-il en se plaçant derrière elle sur le lit. Mais j'aime tes fesses en l'air comme ça.

Elle aussi, se dit-elle quand il se positionna derrière elle, sa queue dure s'insérant entre ses cuisses de sorte que son gland soit pressé contre son intimité.

— Bébé, tu es tellement mouillée.

Tout en parlant, il ondula du bassin et son sexe vint taquiner son clitoris tandis que ses doigts la caressaient entre les fesses, effleurant l'anneau de muscle compact.

Elle retint son souffle lorsqu'il glissa le bout du doigt en elle et il gémit pour marquer son approbation.

— Gardons ça pour plus tard. Je ne veux pas que tu jouisses trop vite.

Il avait raison. Cette sensation inhabituelle l'avait poussée beaucoup plus près du bord, et maintenant elle était pleinement consciente, chaque cellule de son corps prête à basculer. Quand il se pencha sur elle, son torse contre son dos et ses mains sous sa poitrine, elle ne désirait qu'une chose, se lier à lui pour toujours.

Ses lèvres taquinèrent sa nuque, une zone plus érogène qu'elle ne l'aurait imaginé. Lorsqu'il pinça ses tétons, la pression devint presque trop intense. Elle essaya de se retourner, les mains liées, mais elle était trop entravée. De toute façon, cela n'avait déjà plus aucune importance, car à chaque pincement et à chaque caresse, elle sentait la chaleur du plaisir se diffuser en elle.

Elle palpitait maintenant, certaine que l'envie émanait d'elle par vagues presque visibles. Son sexe se contractait avec sensualité, éperdu d'envie à la perspective de le sentir tout entier. Elle avait besoin d'être comblée.

Il pinça son mamelon plus fort et elle cria, un cri profond et vibrant de plaisir.

— Oui !

— J'aime ta façon de réagir, souffla-t-il. Tu as déjà reçu une fessée ?

Elle secoua la tête. Carlton le voulait, mais elle avait refusé. Déjà à l'époque, avant qu'il ne devienne bizarre, elle n'avait pas pu se laisser aller avec lui. Mais avec Parker...

Elle se mordit la lèvre inférieure. Elle ne s'y attendait pas, mais cette seule pensée suffit à contracter son sexe avec une envie douloureuse.

— S'il te plaît, dit-elle avant même qu'il ne le demande.

Sa réponse n'était qu'un faible gémissement de satisfaction.

Il changea de position, libérant ses seins pour glisser une main sous son ventre, la maintenant fermement en place.

— C'est plus intense parce que tu es attachée, dit-il. Mais je veux t'y emmener. Jusqu'à cette limite entre douleur et plaisir. Je veux que la brûlure de ma paume s'attarde sur tes fesses alors que tu vacilles en équilibre sur le fil. Et quand je te baiserai, je veux que tu bascules dans le plaisir, d'autant plus intense que tu auras côtoyé son double.

Elle voulait répondre, mais sa gorge était trop nouée par l'envie. Quand il se mit derrière elle et lui caressa les fesses, elle prit une inspiration. Lorsque sa paume tomba dans un claquement sur sa peau, provoquant des picotements aigus, elle se cambra et gémit. La chaleur de sa main semblait traverser son sexe endolori par l'envie.

— Oh, bébé, tu es tellement belle. Encore ?

— Oui, fit-elle d'une voix blanche. S'il te plaît.

Il obéit, l'entraînant vers des sommets de

plaisir chaque fois que sa paume entrait en contact avec sa chair tendre. Bientôt, elle ruisselait de désir et tirait fébrilement sur ses liens. Elle voulait libérer ses mains pour pouvoir caresser son clitoris, se toucher, se faire jouir.

— Maintenant, dit-il.

Une main sur sa hanche, il entreprit alors de guider son sexe en elle. Elle essaya de changer de position pour mieux s'ajuster, mais il avait le contrôle absolu. Elle étouffa un cri avant de murmurer son prénom lorsqu'il commença à aller et venir dans un rythme soutenu. Sa main glissa entre leurs deux corps et il joua avec son clitoris.

Il avait raison, l'intensité de leur connexion était infiniment plus forte lorsque sa peau était à vif, pourtant même ainsi, elle voulait le voir, lui faire face.

Comme s'il lisait dans son esprit, il lui dit :

— Je te détache. Je veux regarder son visage. Je ne peux pas te prendre par-derrière la première fois, Megan. J'ai besoin de voir ton visage. Je dois te regarder jouir.

— Oui, fit-elle alors qu'il s'empressait de défaire ses liens.

Elle se retourna sur le dos et remarqua qu'il avait enfilé un préservatif.

— Sur moi, ordonna-t-il, s'allongeant à côté d'elle pour l'inviter à le chevaucher. Et dépêche-toi, bébé. Je veux absolument être en toi, Megan. Vite, je ne vais pas tenir.

Comme elle le désirait autant que lui, elle l'enjamba et s'empala avant d'imprimer un mouvement régulier, agrippée à ses hanches.

Il était long et c'était si bon. Elle vit son orgasme imminent dans l'expression fougueuse de son beau visage.

— S'il te plaît, supplia-t-elle. Je veux te sentir exploser.

Alors il se laissa aller, faisant rebondir son corps sans merci jusqu'aux bords de l'extase. Alors qu'elle ne pensait pas pouvoir recommencer, il attisa habilement son clitoris d'une main et l'orifice entre ses fesses de l'autre. L'instant d'après, elle se disloquait complètement, abandonnant la raison pour céder à la passion et se perdre dans l'assaut du plaisir.

Ils restèrent entremêlés l'un à l'autre pendant des heures après ça, se contentant de respirer, de somnoler et d'apprécier la sensation peau contre peau.

Il la réveilla avec des baisers avant l'aube et l'emmena au *Café du Monde* pour un café et des beignets, avant une promenade le long du Mississippi au lever du soleil.

Ils passèrent la journée à rire et à discuter de tout et de rien. Il lui exposa les défis liés à la gestion d'une entreprise et elle lui raconta son rêve d'avoir un jour sa propre ligne de soins et cosmétiques.

— C'est un grand pas, passer du maquillage à la création de ma propre collection.

— Si tu le veux, tu y arriveras. Heureusement, tu connais un homme d'affaires brillant qui peut répondre à toutes tes questions.

— Vraiment ?

— Eh bien, il y répondra contre rémunération. Un baiser par question.

Elle haussa les sourcils, laissant son regard se poser sur son entrejambe puis revenir sur son visage.

— C'est une bonne affaire. J'aurais volontiers payé beaucoup plus.

— Dans ce cas, tu peux toujours lui donner un pourboire, dit-il avant de l'attirer à lui pour exiger le paiement négocié à l'avance.

Ils prirent le tram jusqu'à *Camellia Grille*, au Garden District, où ils mangèrent des hamburgers avant de se promener dans les belles rues, contemplant les maisons. Ils flânèrent pendant des heures sans que leur conversation ne se tarisse. Enfin, ils retournèrent en tram vers le quartier français.

Là, ils visitèrent le marché, essayant des masques et des lunettes de soleil ridicules, puis ils se baladèrent en calèche dans le quartier.

Ce fut une belle journée. Absolument parfaite. Et même si elle ne voulait pas que ça se termine, à dix-neuf heures, ils retournèrent au jet. Elle s'arrêta sur la passerelle.

— Merci, dit-elle. Ça a été la meilleure punition de tous les temps.

Il rit et, une fois qu'ils furent à l'intérieur de l'avion avec leurs ceintures attachées, elle s'appuya contre lui. Son bras l'entoura et elle ferma les yeux.

Elle dormait avant même que le jet ne quitte le sol, bien au chaud, comblée et parfaitement heureuse.

DIX

— Comment ça va, les filles ? demanda Tyree
en entrant dans son bureau.

Megan et Eva Anderson avaient réquisi-
tionné son bureau pour regarder diverses
photos des environs d'Austin, réfléchissant au
cadre qu'elles souhaitaient pour photographier
les différents hommes du calendrier.

— Ça va, répondit Eva en se penchant
contre lui alors qu'il glissait les bras autour de
ses épaules.

C'était un gros ours et son câlin l'engloutis-
sait à moitié, mais il était clair que ça ne la
dérangeait pas. La photographe avait récemment déménagé de Seattle à Austin après avoir
renoué avec Tyree, le père de sa grande fille,
Elena.

Blottie dans ses bras, elle pencha la tête en arrière et lui offrit un grand sourire.

— Jette un coup d'œil, fit-elle en indiquant les photos dispersées sur le bureau, et d'autres sur l'écran de l'ordinateur.

— On emmènera tous les gagnants sur place, bien sûr, expliqua Megan. Les photos commencent demain avec les six premiers. Pour le moment, on prévoit un shooting depuis le pont de la Loop 360 avec le fleuve en arrière-plan, le parc du Capitole, le mont Bonnell, les vaches en pierre de l'Arboretum, le lac Travis et quelque part sur le campus. Mais on ne sait pas encore où.

— C'est parfait, tout ça. Et si vous faisiez aussi un shooting au South Mall ? Mettez un gars sur les marches avec la tour en arrière-plan.

Les deux femmes échangèrent des regards en acquiesçant.

— Super, déclara Eva.

— Et maintenant, qui à quel endroit ? Personnellement, je veux le Capitole.

— Tout le monde dans chaque décor, déclara Megan. Comme ça, nous aurons plus de choix pour le calendrier.

Tyree ricana.

— Ce sera amplement suffisant. Et ça aura

lieu demain ? Ça va être une journée sur les chapeaux de roue.

Megan était du même avis, mais elle lui expliqua que Taylor avait réussi à emprunter un mini-bus.

— Comme ça, nous serons tous ensemble et personne ne se perdra dans la circulation.

— Il y aura aussi une photo de chacun au *Fix*, dit Eva. Et dehors, dans la rue, avec la façade derrière.

— Je pense que vous avez la situation bien en main.

Il sourit, son attention sur Eva, qui se dressa sur ses orteils et l'embrassa.

— Va-t'en maintenant. Tu me déconcentres. On se voit à la maison. Tu travailles tard ?

— Pas ce soir. C'est Reece qui assure la fermeture. Je serai à la maison à huit heures. Et... ajouta-t-il. Eli est chez un copain.

Eva lança un sourire à Megan avant de se tourner vers son fiancé.

—Monsieur Johnson, voilà une information très intéressante.

Après un éclat de rire, il leur dit au revoir, s'arrêtant à côté de Megan avant de partir. Il posa une main presque paternelle sur son épaule.

— Je suis désolé pour ce qui s'est passé avec Parker. Mais on dirait que tout s'est arrangé, non ?

— Hmm ? Oh, oui, fit-elle en hochant la tête. Tout est en ordre.

— Content de l'entendre, répondit Tyree avant de sortir du bureau, non sans envoyer un dernier baiser à Eva.

Elle le lui rendit, puis inclina la tête vers son amie.

— Tout est en ordre ? Ma belle, je me trompe ou c'est un euphémisme ?

Megan se redressa sur son siège.

— Je ne vois pas du tout de quoi tu veux parler.

Mais elle ne parvint pas à garder le secret longtemps. Une minute plus tard, Eva et elle riaient en comparant leurs impressions sur les hommes de leurs vies.

À peine vingt-quatre heures s'étaient écoulées depuis qu'elle et Parker étaient revenus de La Nouvelle-Orléans et ils avaient passé la plupart de ces heures ensemble, dans son appartement du centre-ville. Ils avaient partagé une bouteille de vin et regardé un film dans son lit hier après-midi, l'interrompant de temps en temps lorsque leur conversation sur le film dérivait sur d'autres sujets.

En fin de compte, le film avait duré plus de trois heures et il était tard quand ils eurent terminé. Ils avaient préféré sauter le dîner pour rester au lit. Ils avaient fait l'amour tendrement, presque paresseusement. Après, Megan s'était endormie sur le côté avec Parker en cuillère derrière elle et s'était réveillée avec de délicieux arômes de café et de bacon frit.

C'était très agréable, et quand elle fit irruption dans la cuisine et le vit retourner le bacon dans la poêle, en boxer et tablier *Un baiser pour le cuisinier*, son cœur s'était emballé. En cet instant, quel que soit le sentiment entre Parker et elle, il augmenta d'un cran. Megan avait chaud au cœur. Elle était confiante et heureuse.

Alors, peut-être qu'Eva avait raison. Mais elle n'allait pas l'admettre à voix haute. Au lieu de quoi, elle garda ce joli secret à l'intérieur et passa la journée avec un sourire sur le visage.

Une heure plus tard, Megan rentrait chez elle. Comme elle pensait toujours à la description qu'elle avait donnée à Eva – à savoir que Parker était drôle, charmant et si sexy que cela devrait être puni par la loi –, elle décida de faire un saut chez lui, à l'autre bout du centre-ville, pour lui faire la surprise. Il lui avait dit qu'il passerait la journée à travailler dans son appartement, puis qu'il la rejoindrait pour dîner.

Sauf s'il était parti tôt pour faire une course, il devrait être chez lui. Ensuite, ils pourraient revenir à pied jusqu'au Railyard.

Elle tournait juste vers le sud sur Congress Avenue lorsque son téléphone portable sonna. Elle le sortit de son sac à main, supposant que ce serait Parker, et poussa un cri de joie quand elle vit que c'était Kasey.

— Enfin ! Je t'envoie un texto pour te dire que je sors avec Parker Manning et il te faut autant de temps pour m'appeler ?

— Tu n'as pas idée comme j'ai été occupée. Je te le jure, j'ai dû perdre trois kilos avec le stress. Ce nouveau job, c'est le meilleur programme d'amaigrissement de tous les temps.

Megan leva les yeux au ciel, mais se garda de demander des explications. La prochaine fois qu'elles discuteraient, Kasey aurait changé de job.

— Je n'en reviens pas que tu sois sortie avec

Parker. Comment était-ce ? Tu as couché avec lui ? Il est incroyable, non ?

Megan essaya d'en placer une, sans succès. C'était difficile de discuter avec Kasey.

— S'il te plaît, sois prudente.

— Prudente ? souffla Megan, déterminée à ne pas laisser passer la question. De quoi tu parles ?

— Après ton départ, il y a eu un tas de rumeurs à son sujet.

Elle fronça les sourcils.

— Quel genre de rumeurs ?

— Des trucs graves. Qu'il avait traqué un gars, ou peut-être que c'était une fille. Je ne suis pas sûre. Et il a été arrêté. Pour agression !

— Certainement pas.

Son corps était froid, sa peau aussi frémissante que si elle avait sauté dans un étang gelé.

— C'est ridicule. Parker Manning ? Il aurait fait la une des journaux. Tu aurais vu quelque chose d'officiel. Et j'en aurais entendu parler sur les réseaux sociaux.

— Je ne sais pas. Peut-être. Enfin, tu sais de quelle ville on parle, là. C'est Los Angeles. La ville de la dissimulation, non ?

— Je ne suis pas convaincue, dit-elle obstinément.

Pourtant, alors même qu'elle prononçait ces mots, elle se souvenait de ce que Parker lui-même avait dit sur le comportement de son frère, et comment le chéquier de papa avait suffi à lui éviter les tribunaux.

— Non, dit-elle encore, plus faiblement cette fois.

— Tu as sûrement raison. C'est vrai, tu connais les rumeurs ici, il n'y a que ça. Oh ! J'y pense. Je n'ai dit à personne où tu es. Tu sais que c'est vrai ? Tu me fais confiance, hein ?

— Bien sûr. Pourquoi ?

— Je ne crois pas que Carlton se mettrait à ta recherche. C'est vrai, ça fait des mois. Pourquoi ferait-il une chose pareille ?

— Oui, commença Megan, la voix pleine d'appréhension. Pourquoi ferait-il ça ? Et d'ailleurs, pourquoi penses-tu que c'est une possibilité ?

— Non, juste parce qu'il y a cette photo en ligne, maintenant. De Parker et toi.

— Quoi ?

Comment avait-elle pu manquer ça ?

— Où ça ?

Elle ferma les yeux, espérant que ce n'était pas une photo de La Nouvelle-Orléans. Que ce n'était pas un baiser intime sur les rives du Mississippi.

— Ce bar à Austin où tu travailles. Il est torse nu – et au passage waouh, un beau morceau ! Toi, tu es juste à côté de lui.

— Oh.

Elle expira en essayant de réfléchir aux implications.

— Le nom du bar est en évidence, donc si Carlton voulait le trouver, il n'aurait aucun problème.

— Non, dit Megan, les sourcils froncés. Aucun problème.

Elle s'efforça de se ressaisir.

— Mais tu sais quoi ? Tu as raison. Pourquoi chercherait-il à reprendre contact ? À l'heure qu'il est, je suis de l'histoire ancienne pour lui.

— C'est aussi ce que je pense.

— Écoute, je dois y aller.

Elle avait atteint le coin de la rue et ralenti le pas pour pouvoir terminer son appel.

— On se rappelle bientôt ?

— Oui, carrément. Tu me manques.

— Moi aussi, assura-t-elle à son amie avant de raccrocher.

Elle inspira et essaya de rassembler ses

pensées. Carlton ne viendrait pas et Parker n'avait frappé personne. S'il l'avait fait, en tout cas, c'était pour une très bonne raison.

Elle tourna à droite sur la 3ᵉ Rue et continua sur quelques pâtés de maisons. Elle l'interrogerait à ce sujet. Il le lui dirait sûrement.

Il vivait dans l'un des immeubles modernes qui avaient poussé comme des champignons partout dans le centre-ville au cours de la dernière décennie. Maintenant, elle apercevait l'entrée vitrée de l'autre côté de la route. Elle attendait que la circulation à sens unique se dégage pour pouvoir rejoindre son immeuble et voir s'il était chez lui.

Un instant plus tard, cependant, elle le vit émerger sur le trottoir avec une belle rousse à ses côtés. Malgré la rue qui les séparait, Megan voyait bien l'intense affection dans ses yeux. Ce fut suffisant pour que sa bouche devienne sèche. Et quand il la serra dans ses bras et l'embrassa, son estomac se noua violemment.

Certes, la femme s'était tournée avant le baiser de sorte que Megan ne voyait que son dos. Elle n'aurait pas su dire s'il s'agissait d'un baiser à pleine bouche avec la langue, mais il était évident que leur étreinte était chaleureuse.

Cette femme connaissait Parker. Non seulement ça, mais il semblait l'adorer.

Megan se sentait mal. Surtout que la révélation de cette garce trop tactile survenait en même temps que les nouvelles de Kasey au sujet de l'agression présumée.

Ce serait vrai, tout compte fait ? Et qui était cette femme ?

Était-elle une idiote d'avoir fait confiance à ses sentiments et d'être tombée amoureuse de ce satané Parker Manning ?

ONZE

En revenant sur Congress Avenue, Megan s'était convaincue qu'il n'y avait rien entre Parker et l'inconnue.

Mais un peu plus tard, dans la zone piétonne du Railyard, elle s'était persuadée de l'inverse, à savoir qu'ils avaient une relation à long terme et qu'elle-même n'était rien de plus qu'un petit à-côté.

Le temps qu'elle se retrouve dans sa cuisine à faire mijoter la sauce à spaghettis, l'eau des pâtes à feu doux dans la casserole, elle ne savait plus quoi penser. Tout ce qu'elle savait, c'était qu'elle était en vrac et que, depuis quarante-cinq minutes, elle pleurait de dépit tout en se reprochant de tirer des conclusions trop hâtives. Même le chat la regardait comme si elle était folle. Le poisson, Dieu merci, semblait n'avoir aucune opinion.

Quand arriva l'heure convenue et qu'il n'était toujours pas là, elle se dit qu'il l'avait larguée pour s'enfuir avec la rousse en oubliant de le lui dire.

Arrête ça. Arrête tout de suite.

Agacée par elle-même, elle décrocha le téléphone et composa le numéro de Griffin, qui répondit à la première sonnerie.

— Tu me dois un verre, dit-il.

Elle essaya de rire, mais ne produisit qu'un son étouffé.

Immédiatement, il manifesta son inquiétude.

— Est-ce que ça va ?

— Je... oui. Bien sûr.

Elle ferma les yeux en grimaçant. Elle n'aurait pas dû appeler Griff. Il était déjà trop protecteur envers elle. Et si ce n'était rien ?

Non. Correction. Elle était certaine que ce ne serait rien. Si elle déversait sur Griffin toutes ses réticences au sujet de Parker, comment étaient-ils censés devenir amis, tous les deux ?

— Bon Dieu, Megan. J'entends pratiquement les rouages tourner dans ta tête. Que se passe-t-il ? Ou plutôt, que se passe-t-il que tu ne veuilles pas me dire ?

Pourquoi, pourquoi, pourquoi n'avait-elle pas appelé Taylor ou Mina à la place ?

— Ce n'est rien. Vraiment. Je doute de moi, c'est tout.

Griff expira vivement.

— Je vais devoir venir frapper Manning, c'est ça ? Parce que je dois être honnête, je préfère éviter. Je fais un peu de muscu, mais il ne ferait qu'une bouchée de moi.

Ce fut plus fort qu'elle, elle éclata de rire.

— C'est sans doute moi qui suis stupide. Je l'ai vu avec quelqu'un tout à l'heure et il m'a semblé que... eh bien, je pense qu'il l'embrassait.

— Et qu'a-t-il dit quand tu lui as demandé des explications ?

— En fait...

Il soupira.

— D'accord, écoute. Tout ce que je sais de ce gars, c'est qu'il t'a emmenée à La Nouvelle-Orléans pour une escapade sexuelle, j'imagine.

— Ce n'était pas ça !

Un mensonge, oui, mais prudent.

— Enfin, tu es revenue en un seul morceau et, honnêtement, tu avais l'air plutôt contente de toi. Et tu n'avais que des éloges à faire sur lui.

— Parce que c'est un bon gars.

— Alors, voilà. Malgré ma menace très sérieuse de le frapper s'il blesse tes sentiments, j'allais dire qu'il me semblait être un bon gars. Tant mieux, parce que tu viens de me le confirmer. Tu devrais lui accorder le bénéfice du doute au lieu de l'entraîner dans tes délires de fille.

— Pardon ?

— Tu sais, Kelsey fait exactement la même chose, dit-il en faisant référence à sa sœur.

— Ce n'est pas un délire de fille. Il était en train de l'embrasser.

— Tu crois. Et pourtant, tu ne lui as pas demandé pourquoi.

C'était vrai.

— Tu sais quoi ? Laisse tomber. Je regrette de t'avoir appelé.

Il éclata de rire.

— Non, tu ne regrettes pas. Tu m'aimes. Parce que, même quand j'ai raison, je ne me vante pas en te rappelant que je te l'avais bien dit. Et je te promets de ne pas le faire demain quand tu viendras me dire que j'avais raison.

Elle leva les yeux au ciel.

— Je vais raccrocher maintenant, dit-elle.

— Moi aussi, je t'aime.

Sur ce, elle coupa la communication.

— Connard, murmura-t-elle, amusée.

Mais elle se sentait un million de fois mieux. À tel point que, quand Parker arriva enfin et qu'elle lui ouvrit la porte, elle souriait.

— Salut, ma belle, dit-il en passant un bras autour d'elle, la rapprochant pour pouvoir lui donner un baiser intense. Ça sent bon.

— Sauce à spaghettis. La recette de ma maman. C'est la seule chose que je sais faire en cuisine, tu es prévenu.

— Je crois qu'on pourra se débrouiller malgré ce petit défaut.

Il glissa une mèche de cheveux derrière son oreille. La sensation de ses doigts effleurant sa peau lui donna le frisson.

— Combien de temps on a avant le dîner ?

— Autant qu'on veut.

Son pouls s'accélérait déjà à la seule proximité de cet homme.

— Je n'ai pas encore mis les pâtes à cuire.

— Alors, je pourrais suggérer un apéritif ?

Il pencha la tête, levant les yeux vers la chambre.

— Je...

Elle déglutit, puis recula d'un pas dans ses bras.

— Putain, Parker. Pourquoi étais-tu en retard ?

Il la regarda bouche bée, manifestement perplexe.

— Depuis quand dix minutes comptent comme un retard ?

— Depuis maintenant. Tu sais, Parker, je crois que je tombe amoureuse de toi.

À présent, il avait l'air encore plus perdu.

— Normalement, je dirais que c'est une bonne chose. Pourquoi ai-je l'impression que tu es sur le point de m'engueuler ?

— D'habitude, je garde mes sentiments cachés. Mais avec toi... oh, *putain*. C'était qui, Parker ? Qui était cette sale pute que tu embrassais tout à l'heure ?

Ses sourcils se levèrent, comme s'il avait envie de rire.

— Arrête, imbécile, dit-elle en lui donnant un coup de pied.

Ce n'était vraiment pas une bonne idée, car elle était pieds nus et les muscles de ses mollets étaient durs comme le roc.

— Une pute, vraiment ? Alors ça, c'est tordant.

— Ne fais pas comme si tu ne savais pas de quoi je parle. Je t'ai vu avec elle. Une rousse. Magnifique. Et tu l'as embrassée juste devant ton appartement. Sur le trottoir, à la vue de tout le monde. C'est pour ça que tu es en retard ?

— Tu es venue à mon appartement ? Tu aurais dû entrer.

Ce fut son tour de le regarder fixement.

— Euh, allô ? Tu embrassais une autre femme. Je ne me serais pas sentie très bien accueillie.

Il contourna le bar de la cuisine pour aller se verser un verre de vin, la bouteille ouverte sur le plan de travail. Il le lui tendit, mais elle refusa en le regardant comme s'il était devenu fou et il le garda pour lui.

Il but une gorgée, appuyé contre les placards.

— La jalousie, c'est mignon, mais tu vas devoir te calmer un peu.

— Bon sang, Parker, tu as dit que je n'étais pas un coup d'un soir. Mais la façon dont tu la regardais. Comme si c'était quelqu'un que tu aimes. Ce... ce que je veux dire, je... oh, quel enfer.

Sa voix se brisa et des larmes remplirent ses yeux. Elle se détourna, seulement pour se retourner quand ses mains se refermèrent sur ses épaules et qu'il la fit doucement pivoter, l'attirant dans ses bras.

— Oh, bébé, dit-il en la tenant contre lui, son menton sur sa tête. Je suis désolé. Je n'aurais pas dû te taquiner comme ça.

— Qui était-ce ?

— Ma sœur, répondit-il d'une voix douce. Et tu m'as vu l'embrasser comme ça.

Il l'attira et l'enveloppa dans une étreinte amoureuse, puis déposa un doux baiser sur son front.

— C'est comme ça que tu veux que je t'embrasse ? demanda-t-il, ses lèvres effleurant son visage alors qu'il posait la question, avec une douceur sensuelle et terriblement enjôleuse.

Elle secoua la tête, redoutant presque de parler par peur de gâcher ce moment.

— Non ? Alors, comment ?

Avant qu'elle ne puisse répondre, sa bouche se referma sur la sienne, tendre au début, puis ferme et exigeante. Elle écarta les lèvres et gémit quand sa langue se glissa à l'intérieur, la goûtant avec délectation. La puissance du baiser augmenta et il enfonça les doigts dans ses cheveux, lui prenant l'arrière du crâne pour l'immobiliser dans cette attaque sensuelle.

On aurait dit que le baiser durait éternellement. Comme si cela effaçait le temps, l'espace. Comme si le monde s'effondrait autour d'eux et qu'il ne reste plus qu'elle, Parker et l'électricité de leur connexion.

Elle avait le souffle court quand il s'éloigna enfin, bien que ses yeux restent fixés sur elle. Son torse se soulevait et retombait, et elle sut que son cœur battait comme le sien.

Puis il lui caressa la joue et secoua légèrement la tête.

— Tu n'as aucune, vraiment *aucune* raison d'être jalouse. Tu comprends ?

Elle acquiesça, un peu hébétée, un peu étourdie.

— Je suis désolée. Je l'ai vue et j'ai pensé...

Il l'enlaça.

— Je comprends. Je sais, et je suis désolé de t'avoir inquiétée. Mais, bébé, il n'y a rien à craindre.

Il pencha la tête pour effleurer ses lèvres.

— Ça te dirait de sauter le dîner ?

Honnêtement, elle aurait accepté avec plaisir de se déshabiller et de faire l'amour à même le sol. Mais elle se contenta de répondre :

— Avec grand plaisir.

Son sourire suggérait qu'il comprenait même ce qu'elle ne disait pas.

— Je t'emmène dans la chambre, maintenant. Tu devrais mettre la sauce au frigo. Parce que j'ai l'intention de t'occuper très longtemps.

— Ce serait le paradis.

Elle mit le couvercle sur la casserole, qu'elle glissa dans le réfrigérateur. Elle allait se retourner vers lui, mais elle poussa un cri lorsqu'il la décolla du sol pour la jeter par-dessus son épaule.

— Espèce de timbré ! Pose-moi. Si tu te blesses, tu ne pourras pas me faire l'amour et ça va me mettre en colère.

— Impossible, dit-il en l'installant doucement sur le lit avant de s'attaquer à ses vêtements. En plus, je me ferais un plaisir de te faire l'amour même si j'étais en mille morceaux.

Elle pouffa tout en terminant de baisser son jean avant de se concentrer sur le sien.

— Très romantique.

— Tout est très romantique avec toi, dit-il.

Elle soupira, incapable d'en plaisanter, parce qu'elle ressentait exactement la même chose.

Il s'allongea sur elle, son sexe en érection déjà dur frottant sur son ventre dans une danse qui la rendait folle alors qu'il se penchait et taquinait un sein, puis l'autre avec ses doigts, avant d'y coller sa bouche pour laisser vagabonder sa langue.

Elle se tortilla sous son corps, le cœur battant, l'intérieur des cuisses déjà moite d'envie.

— S'il te plaît, Parker. N'attends pas. Je veux que ce soit rapide, on prendra notre temps après. Mais pour le moment, je veux te sentir en moi.

Il croisa son regard enflammé par le désir.

— Bébé, je ne risque pas de te faire attendre.

Lentement, avec une langueur insoutenable, il abaissa son corps. Puis il se mit à genoux et souleva ses hanches, la tirant vers le haut de sorte que son gland se presse entre ses cuisses écartées. La position n'était pas idéale, un peu brutale, mais alors qu'il la rapprochait pour mieux la pénétrer, elle sut qu'elle allait accéder au septième ciel.

Il la prit dans cette position, au début, la remplissant délicieusement. Puis, comme elle tremblait, il se déplaça afin que son corps ferme et massif repose au-dessus du sien. Plus vite et plus profondément, il reprit ses coups de reins et elle l'y incita en refermant ses doigts autour de son cou, ses ongles dans sa chair alors qu'elle grimpait vers le plaisir. Son corps tournoyait, perdant le contact avec la réalité pour se rapprocher de l'extase.

— Parker. J'y suis presque. Oh, s'il te plaît.

— Jouis en même temps que moi, bébé, ordonna-t-il, passant la main entre leurs deux corps pour taquiner son clitoris et la propulser vers l'orgasme.

Le plaisir les ébranla en même temps, dans une vague brûlante qui les laissa en sueur, pantelants et comblés.

Quand elle eut retrouvé ses esprits, elle prit une longue inspiration. Son cerveau était encore en bouillie et son corps alangui.

— Tu es incroyable, dit-elle.

Il lui rendit le compliment à voix basse, puis la serra contre son cœur alors qu'elle laissait courir un doigt sur son torse jusqu'à ce qu'il pose enfin sa main sur la sienne et la lui serre.

— Arrête, dit-il en riant. Ça chatouille.

— C'est une punition pour tout ce que tu m'as fait. Toi aussi, tu m'as chatouillée.

— Oh, vraiment ?

Il se retourna, la plaquant contre le matelas.

— Je pense que je devrais peut-être te chatouiller un peu plus.

Elle poussa un cri, mais le son fut coupé par son baiser. L'instant d'après, l'estomac de Parker gronda sans discrétion.

Il la regarda, tout penaud.

— Je crois qu'il est temps de goûter ces spaghettis.

— Je crois aussi.

En riant, elle sortit du lit, puis enfila le pantalon de yoga et le débardeur pliés sur le dossier du fauteuil près de la fenêtre.

Elle jeta un œil à l'extérieur une fois qu'elle fut habillée, puis fronça les sourcils.

— Il est là encore.

— Qui ça ? demanda-t-il, la rejoignant après avoir enfilé son jean.

— Je vois en permanence cette voiture noire, dit-elle avec une grimace. Ça me rend parano. Quand j'ai quitté Los Angeles... enfin, peu importe.

Il posa sa main sur son épaule.

— Dis-moi.

— Il y avait une voiture à Los Angeles, admit-elle. Et d'autres trucs aussi.

Elle sentit une oppression désagréable dans sa poitrine alors qu'elle lui parlait.

— Je suis sûre que c'était Carlton, même si je n'ai jamais pu le prouver.

— Et moi, je suis sûr que tu as raison. Mais qu'est-ce qui te fait penser ça ?

Elle fronça les sourcils en se demandant ce qui rendait Parker aussi sûr de lui, mais elle verrait ça plus tard. Jusqu'à présent, elle ne lui avait pas raconté ce qui s'était passé à Los Angeles, et l'heure était venue d'ôter ce poids de sa poitrine.

— On est sortis ensemble pendant environ quatre mois, commença-t-elle.

Parker hocha la tête.

— Je me souviens quand vous êtes sortis ensemble. Je t'ai fait une proposition alors que vous veniez de commencer à vous voir. Tu as été très gentille dans ton refus, mais tu m'as expliqué que même si c'était tout nouveau avec Carlton, tu ne souhaitais pas sortir avec deux hommes en même temps.

— Tu m'as suggéré de le lâcher pour sortir avec toi, se rappelle-t-elle avant de soupirer. Bon sang, je regrette de ne pas l'avoir fait.

Il lui prit la main.

— C'est de l'histoire ancienne. Dis-moi le reste.

Elle inspira avant de continuer :

— Au début, ça allait. Mais dans les semaines qui ont précédé ma rupture avec lui, il est devenu bizarre. Du genre vraiment flippant.

— C'est-à-dire ?

— Il passait devant chez moi le soir, puis il appelait pour me demander où j'étais s'il ne voyait pas ma voiture.

Elle s'assit au bord du lit.

— Il m'interrogeait, me demandait ce que j'avais fait et avec qui j'étais. Et à peu près au même moment, il a commencé à m'envoyer des vêtements spécifiques, en disant que je devais porter telle ou telle chose à une fête ou à un rendez-vous. Il s'énervait si j'avais prévu autre chose.

Elle haussa une épaule.

— Il y avait d'autres trucs bizarres, mais rien que ça, ça m'a suffi et j'ai rompu avec lui.

— Je m'en souviens. Je me doutais bien que c'était quelque chose comme ça, même si je pensais que tu avais rompu parce que ce n'était pas ton genre d'homme.

Elle pencha la tête pour mieux le dévisager.

— Je ne savais pas que tu faisais attention à moi. D'autant plus que je t'avais dit non.

Il enfila sa chemise.

— Je te l'ai dit à La Nouvelle-Orléans : j'étais attiré par toi bien avant de te le faire savoir. Ça m'a toujours énervé que Carlton ait obtenu ce que je voulais.

Sa tête émergea par le col et il lui sourit.

— Mais maintenant, c'est moi qui gagne, plaisanta-t-il.

Elle rit lorsqu'il revint s'asseoir à côté d'elle sur le lit.

— Sérieusement, on était un groupe d'amis et on sortait boire un verre environ une fois par semaine. Carlton était celui qui parlait le plus de ses copines et de ce qui se passait avec elles. Il n'a pas beaucoup parlé pendant que vous étiez ensemble, mais une fois que vous avez rompu... eh bien, disons simplement que son ego était gravement meurtri.

— Quel connard. Il a commencé à faire surveiller ma maison. Je ne peux pas le prouver, mais je sais que c'était lui. Je voyais une berline noire, puis elle disparaissait. Et les appels de numéros masqués. Et les fleurs envoyées avec des cartes aux messages terrifiants. L'une d'elles disait : *Tu étais belle dans ta nuisette bleu clair.* Je n'avais jamais porté cette tenue avec lui. Je l'avais achetée pour me faire plaisir après la rupture. Ce qui voulait dire qu'il m'avait espionnée par la fenêtre.

Elle frissonna et il enroula ses bras autour d'elle, la maintenant au chaud.

— Je suis vraiment désolé, dit-il. Tu crois que la voiture que tu viens de voir par la fenêtre a quelque chose à voir avec Carlton ?

— Non. Oui. Je ne sais pas.

Elle referma ses mains sur les siennes, devant sa taille.

— C'est juste une voiture noire. J'en vois à peu près partout. Je pense que ce n'est qu'un déclencheur, tu sais. Quelque chose qui me le rappelle et qui me fait comprendre que je n'en ai pas fini avec Carlton.

— Si, c'est fini, dit-il résolument. Tu sais, si ce salaud est revenu, je te protégerai.

Elle lui sourit.

— Mon héros.

Il embrassa le haut de sa tête.

— Je prends soin de ce qui m'appartient.

Elle se tourna dans ses bras.

— Et c'est le cas ?

— Quoi ?

— Je t'appartiens ?

— Oh, bébé, oui.

Il recommença à l'embrasser, puis il fit une pause, son attention attirée par la fenêtre.

— Regarde, dit-il alors qu'une femme âgée fringante, munie d'une canne, s'approchait de la voiture.

Le chauffeur sortit, lui ouvrit la portière arrière et, une fois la femme installée, il remonta au volant pour démarrer.

Elle croisa le regard de Parker et éclata de rire.

— Non, je te promets que ce qui s'est passé à Los Angeles, ce n'était pas mon imagination... Disons que ce n'est pas tout.

Elle inspira.

— C'est pour ça que je suis partie. Ma sœur est restée bien trop longtemps avec un connard violent, parano et intrusif. Ce n'était pas une erreur que j'étais prête à commettre.

— Je suis content que tu sois partie. Carlton était obsédé. Il aurait pu se lasser et changer, qui sait ? Mais il t'aurait peut-être fait du mal.

Elle fronça les sourcils.

— On dirait que tu sais de quoi tu parles.

— Oui. Il me l'a dit. Du moins, une partie.

Elle le regarda, bouche bée.

— *Quoi ?*

Il frotta les doigts sur ses tempes, puis se détourna.

— Une nuit après le départ des autres, il m'a dit à quel point il était énervé. Comment tu l'avais humilié. Qu'il allait te le faire payer. Je lui ai dit qu'il était un abruti. Qu'il devait accepter que c'était du passé et passer à autre chose, qu'on ne traquait pas ses ex, point à la ligne. Je ne me souviens pas exactement de ce qu'il a dit, mais il était clair qu'il avait déjà commencé à te harceler et qu'il allait aggraver les choses. Commencer à parler de toi à tes clients, des choses comme ça.

— Seigneur.

Elle était glacée. Tous les doutes qu'elle avait éprouvés sur son départ de Los Angeles retombèrent aussitôt.

— Je n'ai jamais… je ne pense pas qu'il l'ait fait. Je reste en contact avec Kasey, elle me l'aurait dit.

— Je l'en ai dissuadé.

— Vraiment ? Comment ?

Ses yeux étaient neutres, son expression de marbre.

— Je lui ai collé la raclée de sa vie, honnêtement. Et je lui ai dit que s'il te faisait quelque chose d'autre, n'importe quoi, je finirais le travail.

— Parker...

— Peut-être que je n'aurais pas dû, mais bon sang, ce dont il a parlé. Je...

Elle l'interrompit, prenant sa main dans la sienne, puis se lova dans ses bras.

— Merci, murmura-t-elle avant de prendre possession de sa bouche par un langoureux baiser.

Quand elle s'écarta, elle rencontra ses yeux, son corps vibrant de désir.

— Je ne pense pas que nous allons dîner, tout compte fait, fit-elle en lui prenant la main pour le ramener au lit. En ce moment, j'ai seulement faim de toi.

DOUZE

— Plus vite, ordonna Megan tandis que Parker sortait de la circulation. Je ne dois pas être en retard pour le shooting. Et toi non plus.

Même si le *Fix* avait loué un mini-bus, Megan avait envoyé un texto à Eva hier soir pour lui annoncer qu'elle irait d'un endroit à l'autre par ses propres moyens. S'ils avaient oublié quelque chose pour l'une des scènes, elle pourrait faire un saut au magasin.

Elle avait précisé sur un ton désinvolte que Parker monterait avec elle. Histoire de lui tenir compagnie, bien sûr.

Mouais, avait répondu Eva par texto. *On y croit.*

En fait, le rôle de Megan lors du shooting était minime. La plupart des gars n'avaient pas besoin de maquillage, et même les imperfections ne seraient pas couvertes, car Eva s'en occuperait lors des retouches photo – de toute manière, ils étaient tous parfaits.

Cela dit, Parker devait être présent. Megan y allait en tant que maquilleuse, mais aussi en tant que petite main pour l'intégralité du shooting.

Shooting auquel ils allaient arriver en retard. Pour une bête question de sexe.

Elle sourit à cette pensée.

— Quoi ? fit Parker en lui lançant un coup d'œil.

— Regarde la route.

Ils étaient dans sa Ferrari, dont le coffre minuscule était presque entièrement occupé par sa trousse à maquillage.

— Je me disais que j'étais devenue vraiment dévergondée. Arriver presque en retard au travail parce que j'ai trop dormi, épuisée par les effets dévastateurs d'un trop-plein de sexe.

— Hmm. Eh bien, dans ce cas, on peut toujours réduire...

— N'essaie même pas de plaisanter à ce sujet, dit-elle sévèrement, déclenchant son hilarité.

Ils roulèrent pendant quelques minutes de

plus alors qu'elle passait mentalement la journée en revue. Elle serait longue. Elle fronça les sourcils, puis se tourna vers lui avec une pensée soudaine.

— Au fait, ta sœur ne vit pas en ville, si ? Elle est chez elle, à Houston ?

Il partit d'un rire sans joie.

— Non. Lorsqu'elle a quitté la famille, elle a déménagé dans le Connecticut. Elle est mariée maintenant et elle habite avec son mari et leur fille dans une grande et vieille maison qu'ils semblent toujours en train de restaurer.

— Alors, j'ai monopolisé le temps que tu devais passer avec elle. Je suis vraiment désolée. Et tu ne peux pas la voir aujourd'hui non plus !

Elle n'en revenait pas d'avoir été aussi négligente.

Il tendit la main vers la sienne et la serra avant de reprendre le volant.

— Tu es adorable d'y avoir pensé, mais non. Elle n'était en ville qu'hier pour récupérer des échantillons.

Megan lui fit signe de développer.

— C'est vrai. Je ne te l'ai pas dit.

Il lui jeta un coup d'œil, affichant un sourire.

— Je pense à te dire tellement de choses que j'oublie de quoi nous n'avons pas parlé.

La signification de ces mots la remplit de joie et elle soupira d'aise en lui demandant de continuer et de tout lui raconter.

— Tu as prêté attention à la liste des organismes de bienfaisance que nous avons établie pour le concours Mister Juin ?

Elle secoua la tête.

— J'aurais dû, avec mon travail et tout. Mais j'avais la tête ailleurs.

— Mon don est allé au Centre international pour le traitement et l'étude de l'autisme. Je ne fais plus partie du conseil d'administration, mais il y a cinq ans, j'étais l'un des membres fondateurs.

Elle resta silencieuse, devinant l'orientation de la conversation, mais elle ne voulait pas l'interrompre.

— Becky, ma sœur, eh bien, sa fille est autiste. Une forme sévère.

— Comment s'appelle-t-elle ?

— Cecily, fit-il, le visage rayonnant. C'est ma seule nièce, alors je ne suis peut-être pas objectif, mais je suis presque sûr que c'est la petite fille la plus adorable de la planète. Elle a huit ans maintenant. Diagnostiquée à trois ans.

C'est l'une des raisons pour lesquelles j'ai fondé PCM. Nous fabriquons une large gamme de produits pharmaceutiques, mais la majeure partie de notre branche recherche et développement est consacrée à l'autisme. Cecily participe à tous les essais. En ce moment, nous testons un traitement topique, et bien que les données n'aient pas été entièrement analysées, sur la base de ce que m'en dit Becky, nous sommes peut-être sur une piste.

— Un remède ?

Il secoua la tête.

— Non. Mais un traitement. C'est déjà quelque chose.

Elle tendit la main et lui pressa la cuisse.

— Je ne savais pas. Je suis désolée pour Cecily, mais je suis tellement contente qu'elle ait un oncle comme toi. Et je regrette de ne pas avoir pu rencontrer Becky.

Il quitta la route des yeux assez longtemps pour croiser son regard.

— Je te le promets, dit-il d'une voix lourde de sens. Ça viendra.

Ils terminèrent le trajet en silence, jusqu'à ce qu'il quitte l'autoroute et se fraye un chemin dans le dédale de rues pour se garer devant un glacier, sur le parking de l'Arboretum.

Centre commercial de luxe, l'Arboretum était très fréquenté, son public allant des tout-petits jusqu'aux lycéens et étudiants, non seulement en raison de sa variété de magasins et de restaurants, mais aussi pour les vaches en pierre sculptées qui dominaient une zone herbeuse, au centre du complexe.

Ils retrouvèrent le reste du groupe. Eva tournait autour d'une vache sur laquelle était juché Reece, Mister Janvier, torse nu. Ses tatouages impressionnants luisaient dans le soleil matinal qui filtrait à travers les feuilles.

Voilà pourquoi ils commençaient ici. Eva aimait l'effet de la lumière à travers la cime des arbres. Ils seraient sur le pont au coucher du soleil.

— C'est bien, disait Eva alors que Parker et Megan rejoignaient Spencer et Brooke. Penche-toi un peu en avant.

Spencer avait remporté le titre de Mister Février. C'était le co-animateur de *Réno Boutique* avec Brooke.

— Je n'aurais jamais pensé que chevaucher une vache puisse être sexy, déclara Mina, qui arrivait en compagnie de Cameron, Mister Mars. Mais je dois admettre que ça le fait.

— On devrait le filmer aussi, ajouta Brooke

avec un immense sourire. Ces trucs-là sont glissants. Tu aurais dû voir comme Reece a galéré.

Elle pouffa, mais Parker se désintéressa de la conversation pour aller s'asseoir sur une couverture étendue dans l'herbe. Tyree était déjà là, son menton sur le poing, à regarder Eva travailler. C'était peut-être Mister Mai, mais Megan était certaine qu'il serait venu même s'il ne devait pas poser devant l'appareil. Quant à Mister Avril, Nolan, le DJ local des heures de pointe, il était étendu sur la couverture, les yeux fermés, des écouteurs sur les oreilles.

Quand Eva termina avec Reece et appela Spencer, Brooke se rapprocha de Megan.

— J'ai toujours envie de te parler, mais chaque fois que je te vois, Parker est à côté de toi.

Un soupçon d'inquiétude vint titiller Megan, mais elle le repoussa.

— À quel sujet ?

— Rien de grave, dit Brooke en riant, percevant sans doute l'anxiété dans la voix de Megan. C'est juste que je suis allée au lycée avec Parker. Alors, je l'ai vu pendant des années, tu sais ? Mais il ne m'a jamais semblé épanoui comme ça.

Son sourire s'agrandit.

— Lui, il t'a dans la peau.

Megan soupira joyeusement, réjouie par les mots de son amie.

— Je n'en sais rien, fit-elle, jetant un coup d'œil sur le côté en direction de Parker, assis en train de discuter avec Tyree. Ce que je sais, c'est que moi, je l'ai dans la mienne.

— Je n'en reviens pas que tu m'abandonnes comme ça, dit Parker en tirant légèrement sur ses doigts comme pour la ramener au lit.

— Tant pis pour toi, fit-elle en dégageant sa main, riant alors qu'elle l'esquivait avec une pirouette. Enfin, je ne peux pas passer tout mon temps avec mon toy-boy.

— Hmm, ça me plaît ce que tu dis.

Il croisa les mains derrière sa tête tout en se redressant, puis il tendit le bras et appuya sur la commande à distance du rideau, emplissant de lumière la chambre de son appartement-terrasse.

— Reviens au lit et joue encore avec moi.

Elle laissa ses yeux vagabonder avec délectation sur le torse nu vraiment exceptionnel qu'elle avait appris à connaître si intimement. Son regard plongea plus bas, vers le drap qui le recouvrait, suffisamment tendu pour prouver qu'il était très sérieux avec sa proposition de jeu.

— Retiens cette idée pour plus tard, dit-elle en se retenant de rire.

— Et si tu venais me la tenir, toi ?

Son rire fusa.

— Espèce de pervers.

Elle s'éloigna vers la salle de bain. Comme tout le reste de son appartement, elle était agencée à la perfection et vraiment luxueuse, avec la douche la plus incroyable qu'elle ait jamais vue, un pommeau de style pluie au-dessus et une série de jets disposés sur trois des quatre parois.

Elle se tourna vers lui.

— Cela dit, c'est une grande douche. Je dois vraiment me laver avant de rencontrer les filles, mais...

Elle prenait son petit-déjeuner au *Magnolia Café* sur le boulevard Lake Austin avec Taylor et Mina. À l'origine, elles avaient prévu d'aller courir, mais finalement, la paresse l'avait emportée et elles avaient décrété que ce serait bien plus amusant de rattraper leur retard sur les potins.

— Tu devrais vraiment, dit-il en rejetant le drap avant de s'avancer vers elle.

Elle baissa les yeux, son pouls s'accélérant à la vue de son érection dure et énorme.

Elle déglutit.

— Sensationnel. Tu es vraiment excité par cette douche, hein ?

Son sourire exprimait le péché le plus absolu.

— Tu n'as pas idée.

Elle plissa les yeux en le regardant s'appro-cher, sa propre peau nue à la fois chaude et fris-sonnante d'excitation.

— Promets-moi juste que tu ne me feras pas arriver en retard au rendez-vous avec les filles.

— Croix de bois, croix de fer, dit-il.

Sur ce, il lui prit la main et la conduisit sous la douche.

***

Elle avait douze minutes de retard pour le petit-déjeuner, et bien qu'elle ait juré que c'était à cause de la circulation, elle vit la lueur amusée dans les yeux de ses amies. Elles n'étaient pas dupes.

— Tu es toute pardonnée, dit Taylor, ses cheveux sous un bandana hippie-chic. On vient juste de s'asseoir. L'attente ici, c'est de pire en pire.

— Ça vaut le coup, cela dit, déclara Mina. Je me lâche sur les crêpes au pain d'épices.

Elle leur lança un regard noir avant de préciser :

— Et demain, on *va* courir. Sinon, mes fesses ne survivront pas. J'ai vraiment trop mangé dernièrement.

Elle se pencha en arrière sur la banquette d'un air satisfait.

— Le sexe, ça creuse.

Taylor leva les yeux au ciel.

— Je ne veux même pas en entendre parler. Toi et Cam. Elle et Parker. Honnêtement, j'ai l'impression que je vais me rabougrir et mourir si je ne m'envoie pas en l'air au plus vite.

— Ne meurs pas, dit Megan en serrant la main de son amie. Qui mettrait en scène le concours ?

— Salope, souffla Taylor avant de sourire à la serveuse qui arrivait pour prendre leur commande.

— En parlant de sexe, fit Mina après le départ de la serveuse. Tu as l'air en pleine forme ce matin.

Elle haussa un sourcil, les yeux rivés sur Megan.

— Toute débordante de peps et de punch.

Megan gloussa.

— Je ne nie rien. Mais je ne partage pas non plus les détails.

— Trop injuste, fit Mina alors que Taylor roulait des yeux.

— Peps et punch ? fit cette dernière en regardant Mina. Qui parle comme ça ?

Son amie l'ignora.

— Allez, dis-nous tout.

— Oh, super, maugréa Megan. C'est l'heure de la séance de psy.

— Ça va bien, alors ?

Elle soupira en se remémorant le début de matinée. Et tout le temps qu'ils avaient passé ensemble.

— Je pense que je suis vraiment tombée amoureuse de lui.

— Et c'est réciproque ?

Megan pensa aux caresses de Parker. La façon dont il s'ouvrait à elle sur ses difficultés à reconstruire son entreprise, le soutien qu'il lui témoignait devant son ambition d'aller plus loin. Elle songea à leurs fous rires, à la passion dans son regard. Quand il l'avait défendue à Los Angeles contre Carlton. Et surtout, au sentiment de sécurité qu'elle éprouvait avec lui. Elle se sentait aimée et spéciale.

— Oui, vraiment.

— C'est tellement fantastique.

— N'est-ce pas ? Après le cinglé que j'ai fréquenté à Los Angeles, j'ai pensé...

Elle s'interrompit, refusant que Carlton le connard s'invite dans ses pensées.

— En tout cas, disons simplement qu'Austin ne me réserve que de belles choses.

— Formidable, dit Mina.

— C'est un beau revirement de situation, commenta Taylor. D'abord, tu lui fais un sale coup avec le flyer, puis c'est lui qui te met un coup. Enfin, dans le meilleur sens du terme, évidemment.

Megan jeta sa serviette sur Taylor.

— Tu es trop vulgaire !

— Mais j'ai raison, rétorqua-t-elle.

Comme Megan ne pouvait pas vraiment le nier, elle secoua la tête en feignant l'exaspération.

— Vous voulez aller au ciné après ? proposa Taylor.

— Ça me va, répondit Mina, mais Megan ne pouvait pas.

— Je dois d'abord passer au boulot, puis je dois faire la lessive et changer la litière des chats.

— Tu sais t'amuser, toi, plaisanta Taylor.

— C'est justement parce qu'elle s'amuse qu'elle a accumulé des tas de choses à faire, précisa Mina.

Megan rit, puis battit innocemment des cils.

— Elle n'a pas tort.

— Au fait, pourquoi passes-tu au boulot ? demanda Taylor quelques minutes plus tard, quand la serveuse eut apporté leurs assiettes. Je pensais que tu t'absentais pour les prochains jours.

— Techniquement, oui.

Elle avait quelques contrats de maquillage qui s'enchaînaient, alors elle avait allégé son emploi du temps au *Fix*.

— Ce matin, il devait y avoir une séance de mariage, mais ils l'ont reportée d'une semaine... la robe n'est pas prête, je crois. Alors, je me suis dit que j'allais passer soumettre une idée à Jenna et Tyree.

— Ah oui ? Explique.

— Étant donné que Tyree publie le livre de recettes en même temps que le calendrier, plus tard dans l'année, on devrait peut-être organiser une grande foire gastronomique. Le *Fix* pourrait la parrainer, mais nous pourrions inviter d'autres bars et restaurants. Un projet communautaire, en quelque sorte, mais aussi une grande opération de pub. Parce que les autres bars auraient également des flyers à distribuer, mais sur chacun, le *Fix* figurerait en évidence, en tant que sponsor principal.

Taylor et Mina échangèrent un coup d'œil.

— Quoi ? demanda-t-elle un peu parano.

— C'est une très bonne idée, déclara Mina.

— Il faudrait le faire ailleurs qu'au *Fix*, observa Taylor. En terrain neutre, tu vois ?

— Hmm. Tu as raison.

Elle garda le silence pendant une minute, puis se redressa.

— Ce gars que Parker m'a présenté, le soir de Mister Juin. Darrin ou Derek, quelque chose comme ça. Il dirige une grande chaîne d'hôtels.

— Voilà. Demande à Parker de te le présenter.

— C'est ce que je vais faire.

Sur ce, elle attaqua son petit-déjeuner, gémissant d'extase parce que les crêpes au pain d'épice avaient un vrai goût de paradis.

— Mais d'abord, je vais m'assurer que Jenna et Tyree apprécient cette idée.

Megan était tellement excitée par son projet qu'elle termina le repas en un temps record, puis elle abandonna ses amies avant même d'avoir reçu l'addition, laissant suffisamment d'argent sur la table pour couvrir sa part et un peu plus.

Elle se précipita vers le *Fix*, où elle traîna Tyree et Jenna dans le bureau. Quel ne fut pas son soulagement quand ils réagirent à sa proposition en lui disant que l'idée était fabuleuse.

Toute joyeuse, elle rentra chez elle. Elle comptait demander à Parker de lui présenter son ami le soir même.

Elle souriait toujours quand elle atteignit son immeuble. Quelqu'un avait utilisé un vélo pour bloquer la porte des piétons, ce qui n'aurait pas manqué de l'agacer en temps normal. Mais cette fois, son humeur resta au beau fixe. Elle se demandait seulement pourquoi certains n'avaient pas leur pareil pour rendre les propriétés sécurisées un peu moins sûres.

Elle se faufilait à l'intérieur quand une femme en legging et casque sur la tête se précipita vers elle, s'excusant en attrapant le vélo.

— J'avais oublié ma bouteille d'eau, dit-elle en guise d'excuse avant de se diriger vers la rue.

Megan leva les yeux au ciel et commença à marcher quelques mètres jusqu'à sa porte d'entrée pour se rendre compte que quelqu'un l'attendait sur le perron. Un homme, la tête baissée, écrivait sur son téléphone.

Elle sentit le froid l'envahir avant même de le reconnaître et elle commença à reculer. Mais alors il leva les yeux avec un grand sourire accueillant, tout à fait charmant.

— Megan, déclara Carlton. Je t'attendais.

QUATORZE

La terreur envahit Megan et elle resta immobile, le sang figé, ses yeux rivés sur l'homme devant elle.

Comme si de rien n'était, il se leva, puis lui adressa ce sourire éclatant qui l'avait si bien charmée la première fois qu'ils s'étaient rencontrés.

— Waouh, Megan. Ça te va bien. Austin te réussit.

— Éloigne-toi de moi.

Il fronça les sourcils et secoua la tête, manifestement perplexe.

— Oh là, qu'est-ce qui ne va pas ?

— Arrête tout de suite avec tes conneries. Dégage ou j'appelle les flics.

Il leva les mains en signe de paix.

— Qu'est-ce qui s'est passé pour te rendre aussi parano ?

Soudain, il écarquilla les yeux.

— Oh, merde. C'est Parker ? J'arrive trop tard ?

Elle ouvrit la bouche pour répondre, mais elle prit conscience qu'elle ne comprenait pas ce qu'il voulait dire par là et la referma aussi sec.

— Va-t'en. Bon sang, Carlton, fiche-moi la paix, s'il te plaît. Tu ne peux pas me laisser tranquille ?

— Non, pas quand je m'inquiète pour toi.

Sa voix semblait sincère.

— J'ai essayé d'appeler, mais tu avais bloqué mon numéro.

Il expira, puis secoua la tête.

— Je comprends qu'on puisse couper les liens avec un ex, Megan, mais là c'était quand même un peu extrême.

— Extrême !

Avant qu'elle ne puisse continuer, il reprit :

— Mais comme je passais à Austin de toute façon, j'ai pensé que je te préviendrais en personne.

Elle devrait lui dire à nouveau d'aller se faire voir, puis appeler la police sans hésiter.

Mais au fond, elle voulait savoir ce qu'il voulait dire. Malgré tout, elle dégaina son téléphone, le serrant fermement, prête à appuyer sur le bouton d'urgence en cas de besoin.

— Me prévenir de quoi ?

— De Parker, dit-il.

Ce nom lui fit l'effet d'une balle en plein cœur.

— J'ai vu une photo de toi avec lui dans un bar, et je... oh, bon sang, Megan. Je ne pourrais pas me regarder en face si je ne te prévenais pas. Surtout après son comportement louche à Los Angeles.

Ses jambes se changèrent en coton et elle recula en titubant.

— Quel comportement louche ?

— Il traînait toujours devant chez toi, il t'appelait, t'envoyait des fleurs.

— N'importe quoi.

— J'aimerais bien. Mais je suis passé chez toi un soir après notre rupture. J'avais un t-shirt rose que je voulais te rendre.

Elle se souvenait de ce haut. Elle ne l'avait jamais récupéré.

— J'ai été étonné de voir Parker assis dans une voiture, en face de chez toi. Je l'ai interpellé, mais il ne m'a pas donné de détails. Enfin, j'ai vite compris.

Elle secoua la tête.

— Tu mens comme tu respires.

— Un jour, ce fils de pute m'a coincé chez moi et m'a passé à tabac.

Elle déglutit. Cela, au moins, elle savait que c'était vrai.

— C'est dingue, non ? Ils l'ont arrêté pour voies de fait, mais on est amis depuis longtemps. J'ai pensé qu'il avait craqué, rien de plus. Alors, j'ai coopéré quand il a voulu passer l'éponge. De toute façon, il a les moyens financiers pour se racheter une conduite quand il veut.

Il s'avança vers elle, tout près, la plaquant presque contre l'une des colonnes en pierre.

— Tu devrais t'en aller. Quitte Austin avant qu'il ne recommence ses conneries. Il est obsédé par toi, Megan. Depuis longtemps. Tu savais qu'il posait plein de questions sur toi ? Où tu avais grandi, des trucs comme ça.

Elle déglutit, mais les mots ne venaient pas. Elle voulait dire à cet enfoiré qu'elle n'y croyait pas. Qu'elle ne *pouvait* pas y croire. Mais impossible de parler. Elle était muette, paralysée derrière un mur de terreur.

— Tu sais, ajouta-t-il d'une voix menaçante en se penchant plus près. Je vois bien sur ton visage que tu sais exactement de quoi je parle.

— Megan !

Le soulagement la traversa alors que Carlton reculait d'un bond. Elle étouffa un cri et fit volte-face pour découvrir Parker qui accourait vers elle, les clés qu'elle lui avait données à la main. Sans s'arrêter, sans hésiter, il colla son poing sur le visage de Carlton, projetant ce salopard au sol.

— Monte, lui dit-il.

Elle ouvrit grand les yeux.

— Qu'est-ce que tu vas faire ?

Il se tourna vers elle, le regard sévère.

— Tu me fais confiance ?

— Non, Megan, dit Carlton. Je ne te demande même pas de me croire. Mais ne lui fais pas confiance.

Elle songea à toutes les atrocités que Carlton lui avait dites. À toutes les accusations qu'il avait portées. C'était effrayant, et si c'était vrai, alors elle n'avait jamais su voir le véritable Parker.

Il avait laissé entendre qu'il avait appris des éléments de son passé récemment, mais Carlton suggérait qu'il avait fouiné à Los

Angeles. Si c'était vrai, pourquoi Parker lui avait-il menti ? Il y avait des raisons valables, certes. Mais dans l'ensemble, c'était suspicieux.

Carlton avait dit la vérité en évoquant la violence de Parker à son encontre. Et, d'une manière ou d'une autre, il s'était tenu à l'écart des scandales et des tribunaux.

Mais elle regarda Parker dans les yeux et elle eut la conviction qu'elle connaissait la vérité dans son cœur. Elle connaissait cet homme, elle avait vu au fond de son âme.

La question était réglée.

— Oui, dit-elle. Je te fais entièrement confiance.

QUINZE

— Merci, vieux, dit Parker à Brent alors qu'ils regardaient l'inspecteur de police emmener Carlton, vociférant et clamant son innocence.

— Landon va le mettre dans un avion, direction Los Angeles, fit Brent. Il me doit un petit service. Nous ne pouvons pas vraiment porter plainte pour aujourd'hui. Après tout, c'est toi qui l'as frappé.

— Je ne veux pas qu'il revienne, déclara Parker.

Son esprit était encore sous le choc. C'était un pur hasard qu'il soit passé au bon moment.

— Je ne veux pas qu'il se rapproche de Megan à nouveau.

— J'ai une idée, déclara l'ancien policier.

J'ai dit que nous ne pouvions pas porter plainte pour aujourd'hui. Mais peut-être que les flics de Los Angeles peuvent retrouver quelque chose dans son historique.

— Je t'écoute.

— Tu as dit que tu fréquentais le même cercle que ce sac à merde. Combien de femmes autres que Megan crois-tu qu'il a harcelées ?

— Je ne sais pas. Beaucoup, je suppose.

— Alors, nous leur parlerons. On va demander à un détective privé de faire tout le boulot de terrain, et on apportera les infos sur un plateau à la police, avec un ruban et un joli nœud. Il pourrait aller en taule. Et même s'il n'est pas condamné, ce sera beaucoup plus facile de traiter avec lui s'il remet un pied à Austin.

Parker se crispa.

— Tu crois qu'il pourrait revenir ?

— D'après mon expérience, non, répondit Brent en secouant la tête. Ce genre de gars aime garder le contrôle, mais seulement dans l'ombre. Une fois que tout éclate au grand jour, il n'a aucun intérêt à entrer dans la lumière. Il ne s'agit pas de vengeance. Il cherche la peur, l'humiliation et le contrôle. Il sait que Megan n'aura plus peur. Tu es là.

— Oui, elle le sait.

— Enfin, on gardera un œil ouvert, reprit Brent. Juste au cas où je me tromperais.

Parker acquiesça.

— Tu as un détective en tête ?

— Je suis ami avec un gars qui dirige le département Stark International pour la ville d'Austin. Il bosse dans les gadgets technologiques et il m'a présenté le chef de la branche sécurité de Stark. Je pense qu'un type qui bosse pour Damien Stark sait de quoi il parle.

— Oui, je le pense aussi.

Parker n'avait jamais rencontré le milliardaire en personne, mais il connaissait sa réputation.

— Est-ce que ce gars de la sécurité acceptera de te rendre service ?

— J'en suis sûr et certain. Soit lui, soit quelqu'un d'autre.

Il donna à Parker une tape amicale sur l'épaule.

— D'une manière ou d'une autre, on pincera ce salaud. Et on veillera à ce qu'il ne harcèle plus Megan ni personne d'autre.

— Merci.

— Il n'y a pas de quoi, fit-il en désignant l'appartement de Megan d'un mouvement de tête. Bon, j'ai terminé, et toi, quelqu'un t'attend.

— Oui, je le sais, dit Parker avant de se diriger vers la porte.

Dès qu'il l'ouvrit, Megan se jeta dans ses bras, soulagée, confiante et amoureuse, s'accrochant à lui comme les fragrances d'un parfum. À ce moment-là, il sut sans aucun doute que cette femme était la sienne, maintenant et pour toujours.

Et une chose était certaine, il lui appartenait, lui aussi.

— Je suis vraiment désolé, fit Parker en l'attirant dans la sécurité de ses bras, alors qu'il refermait la porte avec le pied et la portait vers le canapé.

— Pourquoi ça ?

Elle soupira et se recroquevilla contre lui. Pour la première fois ce soir-là, le monde tournait à nouveau sur son axe.

— J'aurais dû venir plus tôt.

— Tu es dingue ? C'est déjà un miracle que tu sois venu. Tu as surgi comme un super-héros.

Elle avait failli fondre en larmes en le

voyant, tellement soulagée. Et maintenant, il s'excusait ?

— Parce que je t'ai laissé croire que je m'étais renseigné à ton sujet à cause de ce flyer. Ce n'était pas vrai. J'ai fait mes recherches à Los Angeles.

Elle acquiesça.

— Je pense que Carlton avait raison à ce sujet.

Il haussa les sourcils.

— Pour les infos, précisa-t-elle. Mais pas à propos de la menace.

Elle joignit ses doigts aux siens. Peut-être devrait-elle être en colère pour ce pieux mensonge, mais elle ne l'était pas.

— Pourquoi as-tu fouillé dans mon passé ?

— Je te l'ai dit. Tu m'intéressais depuis longtemps. Ce que j'ai appris m'a donné encore plus envie de te connaître. Mais ensuite, ce putain de Carlton a débarqué.

— Mais c'est toi qui es avec moi maintenant. Mon chevalier en armure étincelante.

— Peut-être pas si étincelante, mais j'accepte le compliment.

— Tu m'as sauvée, insista-t-elle. Ça fait d'office de toi un chevalier.

Elle fronça les sourcils.

— D'ailleurs, pourquoi es-tu venu ? Je croyais qu'on se verrait plus tard dans la soirée.

— J'avais des nouvelles pour toi. Mais ça peut attendre.

— De bonnes nouvelles ?

Lorsqu'il hocha la tête, elle se blottit contre lui.

— Vas-y, dis-moi maintenant. Après cette rencontre, une bonne nouvelle ne me ferait pas de mal.

— Tu te rappelles, à La Nouvelle-Orléans, quand tu as dit que tu voulais faire passer ton entreprise de maquillage au niveau supérieur ? Te lancer dans les produits cosmétiques ?

— Je m'en souviens.

Elle l'avait mentionné très tôt, puis ils en avaient à nouveau longuement parlé en traversant le Garden District. Elle lui avait raconté comment elle avait réalisé ses propres soins, testant la meilleure texture et les meilleurs résultats. Comme elle n'était pas chimiste, elle avait été contrainte de mettre ses idées en suspens jusqu'à présent.

— Quoi donc ?

— Je t'ai parlé des essais de Cecily, non ? Le nouveau sujet sur lequel PCM travaille ?

Elle hocha la tête, perplexe.

— Eh bien, j'ai parlé avec les gens du laboratoire, et au moins deux de mes chimistes ont dit qu'ils aimeraient discuter avec toi de ce que tu as en tête. Peut-être envisager de préparer un échantillon d'un produit que tu pourrais tester sur tes clientes et peaufiner.

Son souffle resta suspendu dans sa gorge. Son cœur gonfla presque jusqu'à se briser. Elle cligna des yeux et une larme coula sur sa joue.

— Tu as fait ça pour moi ?

— Bébé, je ferais n'importe quoi pour toi. Tu ne l'as toujours pas compris ?

Cette fois, les larmes ruisselaient abondamment.

— Ah oui ? Dans ce cas, je pense que tu devrais me faire l'amour maintenant.

Il ricana et posa un tendre baiser sur ses lèvres.

— Avec joie.

Il la porta jusqu'au lit avec précaution, comme si elle était la chose la plus précieuse au monde. Il la déshabilla, l'attira contre son corps, et quand ils s'embrassèrent, il lui sembla que le monde entier s'était estompé. Ils n'étaient que deux, avec l'avenir grand ouvert devant eux, tandis que la peur et les regrets restaient loin derrière.

— Maintenant, dit-elle en s'agenouillant sur le lit, l'agrippant pour le rapprocher. Je veux te sentir en moi. Je veux que tu m'emmènes dans les étoiles et je veux t'entraîner avec moi.

— Dans les étoiles ? Bébé, tu m'emmènes au paradis tous les jours.

Il posa une main sur sa joue et elle se laissa tomber contre les oreillers, le ramenant vers elle. En elle.

Elle se cambra lorsqu'il s'enfonça profondément, la remplissant de son corps et de son amour. Et quand la passion le traversa, le faisant trembler, elle le serra contre lui et le suivit dans l'extase, explosant en un million de morceaux. Sans la moindre appréhension. Parce qu'elle savait que Parker serait toujours là pour la soutenir.

Lorsque l'électricité dans ses membres s'apaisa enfin et qu'elle put respirer à nouveau, elle se pelotonna en soupirant.

— Tu es à moi, Parker Manning, dit-elle en se hissant sur un coude. Pour info, sache que je ne te laisserai jamais t'échapper.

— Bon à savoir.

L'amour dans ses yeux faisait chanter son cœur.

— Parce que je ne vais nulle part, ajouta-t-il tendrement.

Le soir du concours de Mister Juin

Amanda se dirigea d'un pas léger vers l'arrière du bar. Elle allait se faufiler par la sortie qui donnait sur la ruelle pendant le concours. Elle ne voulait pas spécialement rater la soirée, mais elle avait un autre endroit où aller. Même si cela paraissait plus logique de sortir par la grande porte, elle ne voulait pas se laisser déconcentrer par l'un de ses amis.

Derek.

Elle soupira de bonheur – et d'impatience – alors que son intimité s'embrasait à la perspective de le revoir.

Depuis près d'un an maintenant, ils se

rencontraient en secret chaque fois qu'il venait en ville pour affaires, généralement tous les mois. Cela avait commencé quand il l'avait rencontrée sur le trottoir devant le *Fix*. Elle était uniquement sortie prendre un verre et apaiser son humeur massacrante, mais son sourire charmeur avait attiré son attention et sa proposition alléchante l'avait convaincue.

Ils avaient été clairs dès le départ. Ce ne serait rien de plus qu'une aventure. Elle n'était pas intéressée par autre chose et il jurait que lui non plus. Quand il lui avait annoncé qu'il n'était en ville que pour la nuit, cela avait semblé une évidence.

Une évidence fabuleusement sexy, délicieusement décadente, la source de plusieurs orgasmes. Sérieusement, le sexe n'avait jamais été aussi bon qu'avec cet homme. Après chaque nuit avec lui, elle rayonnait pendant au moins une semaine.

Et le mieux ? Aucune attache.

Parce que la dernière chose qu'Amanda voulait, la dernière chose dont elle avait besoin, c'était une véritable relation.

Ce qui faisait donc de Derek l'homme parfait.

Elle fendit la foule, les pensées dans son

tiroir à lingerie, et s'apprêtait à se glisser dans le couloir lorsqu'elle entendit sa voix grave et familière à l'accent texan.

— Amanda.

Elle se retourna et retint son souffle en le voyant. Ses larges épaules prenaient toute la place et ses yeux empreints de passion détrempaient déjà sa petite culotte. Si ce n'était pas aussi risqué, elle l'entraînerait dans les toilettes des dames et se l'enverrait sans attendre.

Au lieu de quoi, elle se contenta de dire :

— Salut.

— Tu me retrouves dans notre chambre dans une heure ?

— Absolument.

— J'ai une grande nouvelle, dit-il. J'allais attendre pour te l'annoncer, mais franchement, je suis trop enthousiaste.

— Vraiment ?

Elle ne pouvait pas imaginer ce que cela pouvait bien être. Peut-être des billets pour un spectacle ce soir ?

Il lui prit la main et se pencha, son souffle chatouillant son oreille.

— Je viens m'installer ici, ma belle. Finie l'attente interminable. À partir de maintenant, tu pourras m'avoir quand tu voudras.

Il s'écarta juste assez pour croiser son regard.

— Tu sais, bébé, j'ai envie de toi en permanence.

Envie d'en découvrir plus ? Voici un extrait du prochain tome de la série *L'Homme du Mois*...

Au beau fixe
Mister Juillet
Achetez ici

Chapitre Premier

— Honnêtement, Amanda, je suis à mille cinq cents kilomètres, déclara Jenna Montgomery, sa voix aussi claire que si elle était assise sur le tabouret de bar à côté d'elle, au *Fix* sur la 6ᵉ Rue. Comment veux-tu que j'évalue la situation à Austin depuis Los Angeles si tu ne me donnes pas plus de détails ?

Amanda Franklin se mordit la lèvre inférieure, se retenant de rire dans son smartphone. *Évaluer la situation ?* À entendre Jenna, on pourrait penser qu'elles se livraient à de l'espionnage.

Cela dit, c'était peut-être le cas. Elle avait vu suffisamment de films pour savoir que l'espionnage était une danse dangereuse où toute mauvaise interprétation des signaux pouvait vous tuer.

Un peu comme les relations amoureuses.

— Il est mignon ? s'enquit Jenna.

— Est-ce que je t'aurais appelée s'il ne l'était pas ?

— Bien vu. Que fait-il en ce moment ?

— Tiffany le sert à table. Il vient de commander quelque chose. Je pense... Oh ! Il porte des lunettes de lecture.

— C'est mauvais signe ?

Amanda émit un faible grognement.

— Non, et surtout pas avec ce type.

Il tenait le menu quand il avait attiré son attention pour la première fois et elle avait supposé qu'il portait des lunettes constamment. Mais ensuite, il avait mis le menu de côté et enlevé ses lunettes pour les ranger dans un étui.

En même temps, il s'était tourné sur sa chaise. Pour la deuxième fois ce soir-là, leurs regards s'étaient rencontrés et elle avait été subjuguée par une paire d'yeux gris clair reflétant une chaleur que démentait leur couleur froide comme la pierre.

— C'est la deuxième fois, déclara Amanda en prenant sa Margarita Jalapeño pour la reposer aussitôt en réalisant qu'elle avait déjà vidé son verre. Ce mec. Il est…

— Quoi ? insista Jenna tandis qu'Amanda s'interrompait, incapable de trouver le bon mot.

— Intense, je dirais. Enfin, tu vois, ses yeux suffiraient à faire craquer n'importe qui.

— Et tu ne penses pas que c'est ton imagination ? Qu'il te regarde, je veux dire. Tu m'as dit qu'il était assis avec quelqu'un. Il ne peut pas être avec une fille en tête-à-tête et te reluquer en même temps, si ? Parce que ça ferait de lui un connard, et dans ce cas, il vaut mieux éviter.

— Je ne pense pas. Il est assis avec un magnifique black qui sirote un whisky. Mais je n'ai pas l'impression que l'un d'eux soit gay. Au contraire, mon entrejambe m'envoie le signal opposé.

— Concernant Monsieur Lunettes ?

— Les deux, mais Lunettes est le seul qui connaisse mon existence. Monsieur Whisky ne m'a pas regardée une seule fois. Lunettes m'a déjà lancé quelques coups d'œil. C'est un peu…

Elle s'interrompit avec un haussement d'épaules, même si Jenna ne pouvait pas la voir.

— Quoi ?

— C'est chaud bouillant, admit Amanda.

Elle ne pouvait pas l'expliquer, mais il y avait vraiment quelque chose dans son regard qui la titillait pile là où il fallait. C'était forcément à cause de lui. Parce que Dieu sait qu'il n'était pas le premier à lui lancer un regard de braise dans ce bar.

— Tu devrais y aller, estima Jenna. Oh, quel dommage. *Merde*. J'aurais aimé être là. Jouer les meilleures copines à distance, c'est nul.

— Oui, reconnut Amanda. Qu'est-ce que tu allais dire ?

— Je ne m'en souviens pas.

Amanda fronça le nez.

— Je sens ton mensonge à des kilomètres.

Elle fit pivoter le tabouret pour se tourner face au bar, puis elle fit signe à Reece de lui en apporter un autre – c'était l'un des gérants et il officiait ce soir.

— Dis-moi, insista Amanda au téléphone, reportant une fois de plus son attention vers Lunettes.

— Je ne sais pas, fit Jenna. Sortir avec des mecs pour se remettre d'une rupture, ça peut être cathartique, tout ça, mais tu as eu tendance à...

— À m'envoyer tout ce qui bouge ?

— Je n'ai pas dit ça ! s'exclama Jenna en même temps que Reece glissait une nouvelle margarita devant Amanda.

— Qui s'envoie en l'air ? demanda-t-il.

— Jenna, railla Amanda, surprise par la rapidité et l'intensité avec laquelle son expression s'assombrit.

— Que se passe-t-il ? bafouilla sa copine à l'autre bout de la ligne. À qui parles-tu ?

— À ton meilleur ami, au-dessus de moi dans ton classement. Bon, je ne vais pas tarder, alors je vous laisse bavarder pendant que je vide mon verre.

Elles se dirent au revoir, puis Amanda passa le téléphone à Reece.

Reece sourit à ce que lui disait Jenna pendant qu'Amanda lui faisait signe de lui apporter l'addition. Puisque ces deux-là pouvaient discuter sans fin, autant prendre les devants et régler sa note tout de suite. Elle but une gorgée lentement, lançant un nouveau coup d'œil vers Lunettes.

Se remettre d'une rupture.

S'envoyer tout ce qui bouge.

Les mots tourbillonnaient dans sa tête comme des fantômes de bande dessinée avec de longues traînes vaporeuses.

Je n'ai pas dit ça, avait rétorqué Jenna. Mais peut-être qu'elle aurait dû. C'était peut-être vrai.

Avec un soupir, Amanda prit une autre gorgée. Elle aimait la saveur brûlante, tellement plus agréable sur sa langue que l'arrière-goût de ses erreurs.

La vérité, c'était que Léo l'avait quasiment détruite. Oui, cela faisait plus de neuf mois qu'elle n'avait même pas parlé à ce connard, mais ça ne changeait pas à quel point sa trahison l'avait blessée. Ses amis savaient seulement que ça avait été une rupture difficile. Même Jenna ne savait pas qu'Amanda et Léo avaient prévu de se marier sur un coup de tête.

Mais ensuite, il avait lâché la bombe, et elle s'était retrouvée devant un homme qu'elle ne connaissait même pas. Un homme qui lui disait des mots comme « erreur », « se laisser emporter » ou encore « précipitation ».

En fin de compte, tout ce qu'ils avaient partagé n'était qu'une grande illusion. Ce n'était pas vraiment de l'amour. Il ne l'avait jamais aimée.

Boum. On lâche le micro et on rameute les violons.

Et pour ajouter l'insulte à la blessure, sa

carrière immobilière avait été freinée parce que son ancien patron avait craint qu'elle ne se case et perde tout son mordant. Au lieu de soutenir sa candidature de courtier et de lui transmettre son portefeuille de clients à son départ en retraite, il avait tout confié à un agent célibataire aux dents longues. Bien sûr, il ne l'avait pas avoué à voix haute, mais Amanda n'était pas une idiote.

Enfin, peut-être. Après tout, elle était tombée amoureuse de Léo, n'est-ce pas ?

Voilà pourquoi elle se contentait maintenant de regarder sans toucher.

Bon, pas tout à fait. Elle touchait plutôt deux fois qu'une. Mais elle achetait rarement la marchandise.

En tant qu'agent immobilier concentrée sur les propriétés haut de gamme, Amanda avait un réseau étendu et elle sortait souvent. Dîners, réunions d'affaires, cocktails décontractés, et autres réjouissances. Avec les hommes, ces types de réunions conduisaient souvent à de généreuses commissions, et elle était parfaitement à l'aise avec ça. C'était bon pour son entreprise et bon pour son ego.

Quant à s'envoyer en l'air... eh bien, la plupart de ses amis pensaient qu'elle était volage juste parce qu'elle avait un sens de l'humour incisif. Elle ne prenait pas la peine de les corriger. À quoi bon ? Même Jenna ne se doutait pas qu'Amanda ne baisait *jamais*.

En vérité, quand elle acceptait un homme dans son lit, ce n'était que lorsqu'elle était absolument certaine que cela ne déboucherait sur aucune relation.

Elle était encore trop engourdie par les blessures à peine guéries de sa relation précédente. Elle ne remonterait pas de sitôt sur l'échafaud.

D'ailleurs, pourquoi sacrifierait-elle son meilleur outil commercial – son statut de femme célibataire – si précocement dans sa carrière ? Bon sang, Léo lui avait rendu service. Avant leur séparation, elle avait du mal à joindre les deux bouts. Maintenant, son compte bancaire était rempli à bloc.

Oui, sa vie était enfin revenue sur la bonne voie. Tout allait bien. Aucun ajustement nécessaire.

Ce qui signifiait qu'elle devait rester loin de Lunettes. Parce qu'elle sentait déjà qu'il y avait quelque chose de convaincant chez lui. Quelque chose dont il serait difficile de s'éloigner. Et en ce moment, Amanda n'en était pas à un point de sa vie où elle souhaitait s'installer dans la durée.

Se rincer l'œil, en revanche, c'était parfaitement acceptable. Tout en sirotant le fond de sa Margarita Jalapeño, elle regarda Lunettes et Whisky se lever, se serrer la main, puis se diriger vers la sortie. *Rien que des amis,* constata-t-elle. Sans doute une relation d'affaires qui s'était transformée en véritable amitié. Enfin, ils n'étaient pas du genre à jouer au golf ensemble...

Elle fronça les sourcils, songeuse. *Du vélo,* décida-t-elle en reluquant leurs corps sveltes et fuselés. Ils se retrouvaient pour faire du vélo. Elle parierait sa réputation là-dessus.

Sa capacité à lire les gens était son arme secrète dans le monde de l'immobilier, et elle ne se trompait presque jamais. Léo, bien sûr, avait été l'exception à la règle. Elle l'avait rencontré lorsqu'elle lui avait vendu une maison à West Lake. Et elle était passée complètement à côté de sa véritable personnalité.

Elle pivota vers le bar avec l'intention de récupérer son téléphone et de payer sa note, mais si son téléphone était là, il manquait toujours l'addition.

Une fois de plus, elle attira l'attention de Reece en lui faisant un signe.

— Déjà payé, répondit-il.

Comme il était plus loin derrière le bar, elle était sûre d'avoir mal compris.

— Désolée, tu répètes ?

Il se rapprocha d'elle, puis hocha la tête en direction de la table où Tiffany récupérait son pourboire et les verres laissés par Lunettes et son ami.

Elle faillit éclater de rire. Au moins, elle savait qu'elle n'avait pas tout imaginé. Une belle opportunité ratée.

Il était maintenant dix-huit heures et elle envisageait de rester pour grignoter les amuse-gueule incroyables de Tyree en guise de dîner, mais elle se sentait étrangement à bout de souffle. Elle avait envie de bouger, de marcher. Elle glissa donc son téléphone dans son sac, salua Reece et se dirigea vers la porte.

Au moment où elle tournait vers l'ouest sur le trottoir, elle l'aperçut. *Lunettes*. Il se tenait juste à côté du *Fix*, s'assurant que personne à l'intérieur du bar ne pouvait le voir. Même s'il tenait son téléphone dans sa main, comme s'il consultait ses messages, toute son attention était désormais concentrée sur elle.

— Encore quinze minutes et j'allais retourner à l'intérieur.

Il parlait avec un accent du Texas si traînant et mélodieux que c'était presque une caresse. Cela plaisait beaucoup à Amanda.

Avec un effort, elle garda un air détaché.

— Vous m'attendiez ?

— Ça dépend si vous trouvez la réponse effrayante ou attachante, répondit-il.

Elle éclata de rire.

— La troisième option, dit-elle. Intriguante.

— Ça me va.

Il fit un pas vers elle. Son jean moulait ses cuisses fermes à chaque mouvement. Il portait une chemise blanche et elle devinait le contour d'un t-shirt uni en dessous. Style décontracté, typique du Texas. Ses cheveux étaient bien coupés et sa barbe de quelques jours mettait en évidence une mâchoire forte.

Cet homme était clairement un beau spécimen. Mais c'étaient ses yeux qui attiraient vraiment l'attention d'Amanda. Un gris clair presque argenté quand la lumière s'y reflétait, à présent rivés sur elle avec une intensité presque palpable.

— Pourquoi ?

Il haussa les sourcils.

— Pourquoi est-ce que ça me va ?

Elle sourit.

— Pourquoi m'attendiez-vous ?

Le coin de sa bouche se recourba et elle devina la réponse dans ses yeux. Une bouffée de chaleur. Une étincelle de désir. Il y avait un monde de séduction dans ce regard et elle en sentit le pouvoir jusqu'au fond d'elle-même, chaleureux et séduisant.

— Puis-je vous offrir un verre ?

Elle ne savait pas trop ce qu'elle attendait de lui, mais à en juger par l'air qui crépitait autour d'eux, un verre ne serait pas suffisant.

Amusée, elle regarda par-dessus son épaule en direction du *Fix*.

— Je pense que vous venez de le faire.

— C'est vrai. De rien.

En riant, elle hocha la tête.

— Oui, je vous remercie.

— Il n'y a pas de quoi, et je peux offrir d'autres options. Un whisky, par exemple. Ou une glace chez Amy's.

— Tentant, admit-elle, amusée par ce contraste.

Ses yeux croisèrent les siens.

— Ou alors, on pourrait simplement discuter, ajouta-t-il. Comme vous voudrez. Qu'en dites-vous ?

Elle inspira, excitée par ces mots innocents et l'intonation beaucoup moins innocente qu'il y mettait. Elle frotta ses paumes moites sur sa jupe.

— Pourquoi ?

Ses lèvres frémirent.

— Si vous ne savez pas, la réponse est sans doute non. Dommage pour moi.

Elle envisagea de mentir. Après tout, ce gars était trop attirant, ça sautait aux yeux. Il serait facile de profiter de sa compagnie, de s'empêtrer dans quelque chose de trop complexe dont elle n'avait ni envie ni besoin pour le moment.

Mais alors il sourit, et elle se surprit à lui sourire en retour.

— Oui. Un verre, ça me dit bien.

Il désigna la porte.

— Après vous...

Elle avait beau aimer les cocktails du *Fix*, elle connaissait tout le monde là-bas. Dès l'instant où Lunettes et elle se sépareraient plus tard dans la soirée, Reece aurait sans doute appelé Jenna, et Amanda aurait reçu une demi-douzaine de textos ou de messages vocaux.

— Vous avez une autre suggestion ?

— Oui. Que diriez-vous de l'hôtel Winston ?

— Parfait.

Winston était une chaîne d'établissements haut de gamme, dont l'hôtel d'Austin n'était qu'à quelques pas du *Fix*, avec un bar luxueux.

— Je m'appelle Amanda, au fait, dit-elle en tendant la main.

Il la lui serra et une spirale d'envie à l'état brut remonta le long de son bras. *Oh, oui. Il y avait clairement une alchimie.*

— Derek, fit-il.

D'après le ton de sa voix, elle n'aurait pas su dire s'il était tout aussi affecté qu'elle par leur connexion. Mais il garda sa main un peu plus longtemps que ne l'exigeait la politesse, et quand il s'écarta enfin, Amanda dut réprimer une vague de déception tangible.

— Vous êtes du coin ? demanda-t-elle alors qu'ils descendaient Brazos vers le fleuve.

Il secoua la tête.

— Non, mais j'aime beaucoup Austin. Je viens souvent pour affaires. C'est pour ça que je suis ici en ce moment.

Il fit une pause assez longue pour attirer son attention.

— Je repars pour Dallas demain matin.

— Oh.

La plupart des femmes ne voyaient pas d'un très bon œil que l'homme avec qui elles avaient rendez-vous pour la soirée soit éloigné géographiquement. Mais Amanda n'était pas comme la plupart des femmes. Et Monsieur Derek Lunettes venait de gagner un ou deux points.

Elle lui sourit.

— Alors, c'est une chance que nous nous soyons rencontrés.

— Oui, dit-il avec une chaleur indéniable dans les yeux, capable de faire fondre n'importe quelle femme. Une chance, en effet.

Au beau fixe
Mister Juillet
Achetez ici

NOS BELLES ERREURS

UN EXTRAIT

je suis complètement foutu.

Cette pensée tourne en boucle dans ma tête et j'essaie de la repousser. De l'étouffer. De la faire taire. Parce que ce n'est vraiment pas le genre de pensées qu'un homme a envie d'entendre alors qu'il a sa langue dans la bouche d'une femme. Ni quand son petit corps chaud se presse contre lui. Ni quand sa queue est plus dure qu'il l'aurait cru possible et qu'il n'a qu'une seule envie, remonter les mains sur ses cuisses et sous sa jupe avant d'arracher sa culotte et se laisser chevaucher jusqu'à voir trente-six chandelles.

Mais cette pensée menace : *Foutu. Totalement, complètement, à cent pour cent... foutu.*

Parce que cette femme m'est interdite. Et

plutôt deux fois qu'une. Aucune excuse possible. Zone gardée.

Bien sûr, si quelqu'un nous regardait, il ne s'en rendrait pas compte en ce moment. J'ai la main sur sa poitrine et elle se cambre. Entre mon pouce et mon index, je titille son téton tandis qu'elle se mordille la lèvre inférieure, émettant ces petits gémissements plaintifs qui me rendaient fou autrefois.

Apparemment, c'est encore le cas.

J'ai déjà dit que j'étais foutu ?

J'interromps le baiser, conscient que nous avons tous deux besoin de respirer, sans quoi je finirai par la baiser ici, contre la machine à laver. Le parfum de l'adoucissant se mêlera à l'odeur de sexe et de désir pendant que je la prendrai avec fougue, comme je rêve de le faire. Comme je sais qu'*elle* aussi rêve de le faire.

— Connor, *s'il te plaît*.

Mon prénom est une supplication sur ses lèvres et, pauvre de moi, je cède et prends sa bouche. Je suis prêt à tout pour voler encore quelques instants de bonheur éphémère.

— Oh, c'est bon, *oui*, murmure-t-elle en crispant les doigts dans mes cheveux.

Elle me grimpe presque dessus, relâchant son étreinte juste assez longtemps pour poser les fesses sur le couvercle de la machine à laver, refermant les jambes autour de ma taille.

Je passe une main sur sa nuque, mais l'autre reste posée sur la peau douce de sa cuisse. En ouvrant les yeux un instant, je vois que sa jupe est soulevée, révélant le tissu rose de sa culotte, où une tache sombre m'indique à quel point elle est humide.

Je gémis – cette femme pourrait-elle me torturer encore plus ? – et me retiens de glisser le doigt sur sa cuisse, en dépit de mon idée fixe : la sentir nue sous mon corps, son sexe chaud et moite, serré quand je la pénètre.

Je me rappelle la façon dont elle se mord la lèvre inférieure au moment de jouir, dont son corps se contracte autour de moi comme si elle pouvait me faire éclater telle une cerise trop mûre.

Je me rappelle ces instants de délice lorsque j'explosais en elle, puis la serrais contre moi pour inspirer le parfum frais et propre de ses cheveux tandis que nous sombrions dans le sommeil, sa peau chaude et souple contre moi.

Oh, bon sang...

Je ne suis pas seulement foutu. Je suis baisé. Complètement et intégralement baisé.

Parce que cette femme est la petite sœur de mon meilleur ami.

Et ce n'est pas tout, elle est aussi responsable administrative pour la société que je possède avec Pierce et mon frère. Imaginez la situation gênante lundi matin au bureau...

Mais la véritable cerise sur le gâteau, c'est qu'il s'agit de mon ex. La femme avec qui *j'ai* rompu. La fille que j'ai quittée pour une pléthore d'excellentes raisons, et notamment les quatorze années de différence d'âge que même nos corps-à-corps torrides ne pouvaient pas effacer.

Nous savions que l'attirance était toujours réelle, mais nous avions convenu que c'était terminé. Et depuis, nous avons su nous montrer plutôt matures à ce sujet.

Et voilà que je laisse deux martinis, un peu de champagne de fête et une dose généreuse de bourbon pur me conduire tout droit dans la buanderie, tout droit dans mon propre enfer au goût de paradis.

Je crois que c'est tout le dilemme du fruit défendu.

— Kerrie...

Avec douceur, je la repousse, mais une nouvelle bouffée de désir monte en moi quand je vois ses lèvres gonflées et la couleur sensuelle de ses joues.

— Juste une fois, chuchote-t-elle. Ensuite, on sort et on n'en reparle plus jamais.

Elle me prend la main et la passe sous sa jupe jusqu'à ce que mes doigts se retrouvent contre son sexe.

— S'il te plaît, Connor, murmure-t-elle. Pour le bon vieux temps ? J'ai tellement envie.

— On a dit qu'on ne...

Je n'ai pas le temps d'aller au bout de ma pensée, car elle pose sa main sur la mienne et écarte sa culotte. À présent, mes doigts sont sur sa vulve, son clitoris enflé et sensible sous mon index.

— Ne pense pas à nous. Dis-toi que c'est un service public. Et moi, je suis ton public conquis.

— Ils vont le savoir, dis-je.

Je sais très bien que l'orgasme la fera crier, et nos amis sont dans la pièce à côté, rassemblés dans le salon pour fêter les fiançailles de mon frère Cayden.

Mais je proteste uniquement pour la forme. Après tout, je reste un homme. Un homme capable de résister aux flots d'alcool qui submergent sa jugeote, peut-être, mais complètement impuissant devant cette furie. Et elle en est bien consciente.

Mon pouce s'active déjà sur son clitoris, mes doigts vont et viennent en elle. Si elle crie, elle devra étouffer elle-même le bruit, parce que j'ai trop envie de la goûter. Je dois m'assurer qu'elle est aussi bonne que dans mes souvenirs, même si je connais déjà la réponse. Comment pourrait-il en être autrement ? Après tout, cette femme est un véritable fruit défendu, et en me mettant à genoux, je n'ai qu'un seul désir, croquer une dernière bouchée de cette pomme.

— On ne devrait pas, murmuré-je.

Une dernière protestation bien futile et vaine.

— Je sais, répond-elle d'une voix tendue, éperdue. Je sais, répète-t-elle. Disons que c'est un autre adieu. Le dernier clou dans le cercueil. Je sais que c'est fini, tu l'as dit et je comprends. Mais pour l'instant, faisons semblant.

Je ne sais pas si je dois embrasser ces mots ou m'en éloigner. Tout ce que je sais, c'est Kerrie. Tout ce que je connais, c'est ce besoin violent et intense.

Alors que mon frère jumeau et sa fiancée

jouent les hôtes parfaits auprès de nos amis, je glisse mes paumes sur les cuisses de Kerrie et les écarte un peu plus. Puis, pour ce qui sera définitivement et catégoriquement la toute dernière fois, j'enfouis mon visage entre les jambes de cette femme qui, autrefois, m'appartenait tout entière.

Achetez ici: Nos belles erreurs

Blackwell-Lyon Sécurité
Nos adorables mensonges
Nos drôles de jeux
Nos belles erreurs
Nos plus beaux rôles

J. Kenner (alias Julie Kenner) est une auteure de best-sellers internationaux figurant aux classements des journaux *New York Times*, *USA Today*, *Publishers Weekly* et *Wall Street Journal*. Elle a écrit plus d'une centaine de romans, de romans courts et de nouvelles dans toutes sortes de genres littéraires.

Selon *Publishers Weekly*, JK est une auteure qui a un « don pour le dialogue et la création de personnages excentriques », et le *RT Bookclub* estime qu'elle a su « répondre aux besoins du marché en créant des antihéros scandaleusement attirants et dominateurs, et des femmes qui fondent pour eux. » Six fois finaliste de la prestigieuse récompense RITA (*Romance Writers of America*), JK a remporté son premier trophée RITA en 2014 pour son roman *Claim Me* (tome 2 de sa trilogie *Stark*) et le second en 2017 pour son roman *Wicked Dirty*. Elle a vendu des millions de livres, publiés dans plus de vingt langues.

Au cours de sa précédente carrière, JK a
exercé comme avocate en Californie du Sud et
au Texas. Elle vit actuellement dans le centre
du Texas, avec son mari, ses deux filles et deux
chats plutôt lunatiques.

Visitez son site
web www.juliekenner.com pour en savoir plus
et pour entrer en contact avec JK sur les
réseaux sociaux !

J. Kenner Facebook Page
Facebook Fan Group
Newsletter

www.jkenner.com